JN033903

感性のときめき

技術と文化の融合を求めて

原　稔明

はじめに ―感性とは―

伊勢湾台風との遭遇と三重県海山町相賀での少年期

昨年２０１９年は、昭和の３大台風の一つである伊勢湾台風襲来（昭和34年）から60年であった。奇しくも伊勢湾台風と同様の猛烈な勢力に発達した台風19号が、10月12日、13日と関東、東北に襲来し各地の河川が氾濫《はんらん》・決壊して甚大な被害が発生した。利根川流域においても大量の降雨に伴う大出水となったが、上流ダム群の適切な操作と遊水池等の整備が効果を発揮して、幸い越水、破堤決壊には至らなかったが、利根川本川の水位上昇は危機一髪の極めて危険な状況であった。

台風19号襲来時における下久保ダム（１９６８年完成）他の利根川上流ダム群の治水効果は、群馬県伊勢崎《いせさき》市の八斗島《やったじま》地点で、すべての上流ダム群がない場合に仮定した水位は約５・１ｍとなり、氾濫危険水位４・８ｍを30㎝上回るのに比べて、実際の水位は上流ダム群の貯留によって約１ｍの水位を低下させた約４・１ｍであったと国土交通省が後日発表している。

今回利根川が破堤決壊には至らなかったのは、利根川の治水対策が1957年（昭和32）の藤原ダム完成を始めとして、昨年試験湛水《たんすい》中であった八ッ場《やんば》ダムまでの7ダムの建設に加えて河川整備等が、先人の努力により60年を越えて連綿と行われてきたお陰といえる。

伊勢湾台風の話に戻ると、台風15号は9月25日昼頃まで900mb前後の猛烈な勢力を保ち、進路を次第に北に転じて26日9時には潮岬の南南西400kmに達したが、その時でもなお中心気圧920mb、最大風速60m／秒、暴風雨圏は東側400km、西側300kmという、猛烈で超大型の台風であった。台風は26日18時過ぎ、930mbの勢力をもって和歌山県の潮岬の西15km付近に上陸した。上陸後は、60～70km／時で紀伊半島を縦断し、中央高地を経て27日0時過ぎに日本海に抜けた。

「60年前の今日、それは昭和34年9月27日であった。昭和34年台風15号（後に伊勢湾台風と命名）が三重県を過ぎ去り、避難先から帰ってみれば、屋根瓦は飛び、床上浸水で畳、家具等は約50センチの浸水で、自宅の営林署貯木場官舎は悲惨な状況であった。」（筆者の9月27日付け日記より）

私は、昭和33年から37年の幼稚園から小学3年生まで、三重県尾鷲《おわせ》市の北隣りにあたる当時の三重県北牟婁《きたむろ》郡海山《みやま》町相賀《あいが》（現、紀北《きほく》町相賀）という片田舎で、昭和34年の伊勢湾台風、36年の第2室戸台風他を経験した。当時は毎年のごとく紀伊半島に大きな台風が襲来し、避難のため消防車が迎えに来たことが度々であったように思う。避難前に母が作ったおにぎりを楽しみにして、次第に強くなってきた風雨の中で、黒く光る雨合羽を着た、たくましい消防団員に手を引かれて消防車に乗り込んだことを、昨日のことのように鮮明に覚えている。

とりわけ、家の屋根瓦等は飛び、床上浸水被害に遭うという伊勢湾台風の猛烈さと、避難先の夜に停電してほぼ真っ暗なお寺（当時の片田舎ではお寺が頑丈な建物）にて、建物がミシミシと音をたてて揺れる恐怖を体験した。幼心に、「逃げる」ことの大切さが体に焼き付き、水害の危険性のある所には絶対住まないことを含めて風水害への備え等、その後、自らに危機管理意識が醸成されるきっかけとなっている。今思えば「災い転じてなんとやら」である。

台風襲来が近づくと、官舎の玄関、雨戸に閂《かんぬき》を設置するなど金槌《かなづち》片手に小学生低学年ながらも父親の手助けになっていたことを思い出す。当時は、普段から何かにつけて金槌、釘、ノコギリを持ち出して、夏には上級生とそこらに落ちている木ぎれを集めて「いかだ」作りなどをした。私にとっての三種の神器といつもポケットにあるナイフが当時の遊び道具であり、たくましくかっこよい大工さんの姿を見ては、子供心に大工になることを夢見ていたように思う。

一方普段の生活では、学校から帰るやいなや近くの小川での鮒《ふな》捕り、ご飯粒や現地調達のフナムシやゴカイを餌《えさ》に小さな運河堤からの小魚釣り等々、海山町相賀の汽水域とその周辺の湿地帯が私の感性を育んでくれたと思っている。当時の遊びの種類をあげればきりがないが、思いつくままに列挙する。

幼稚園では、ピカピカの土団子作りで、最適含水比と砂の最適粉体分を見極めての土質力学の「い」を体得、小学校に入ってからは、缶蹴《かんけ》り、石蹴り、竹馬、すもう、馬乗り、騎馬戦、翼が竹ひごと紙でゴムを動力とするプロペラ飛行機作り、ここまでは普通かと思う。今思えば昭和30年代半ばとしては、かなり遅れた田舎だったのだろう。銚子川や海では、赤、白、黄、青等のカラフルな「サラシのふんどし」を巻いた少年グループの最年少の一人として川遊びをしていた。相賀の町の反物《たんもの》屋へ初めてサラシを母と一緒に買いに行った日の記憶がある。その後ふんどしとは縁はないが、今でもふんどしの結び方は体が覚えている。

ここで、後日知ったこととして紀勢本線の開通について触れておく。紀勢本線が最後に残っていた尾鷲の南の三木里《みきさと》駅と新鹿《あたしか》駅が開通することで全線が開通したのが、１９５９年（昭和34）7月15日であった。その前年の１９５８年に相賀駅を挟む多気《たき》駅と三木里間が開通している。今となっては伊勢湾台風襲来の２ヶ月前か、前年だったか記憶にないが、開通を祝う蒸気機関車の通過を皆で小旗を振って祝ったことと、汽車が開通する前にはバスに揺られて山越え峠越えで母と和歌山に帰省したことを子供ながらに覚えている。紀勢本線が、相賀の町を開通したのがかなり遅かったために相賀には昭和30年代半ばでも田舎の雰囲気が名実ともに残っていたことが、私にはどこか幸いしたようにも思う。

再び、遊びの話に戻る。みんなで作った「いかだ」遊びの時におぼれかかったこと、草むらや藪《やぶ》中での隠れ家や落とし穴作り、ナイフ片手の刀作りとチャンバラごっこ、強力ゴムと棒切れと栓《せん》抜きでの飛び道具作り、三角ベース野球（暗くなってからは交代で自転車をこいで照明とした）、ラッキョを餌としたバッタ釣り、おやつ代わりのグミ・イタドリ（スカンポ）採り等々、常に小学校の上級生や時には中学生も混じった中で遊んでいた。

そして、父に連れられて防波堤からのバリコ（アイゴ）釣り（餌は蒸したサツマイモを小さく切ったもの）、また引本浦湾内で父が櫓《ろ》を漕《こ》ぐ小舟でカーバイドを焚《た》いてのアジやボラ等の夜釣り、今でもあのカーバイドの強烈独特な臭いを嗅覚脳が覚えている。

圧巻は「ギンヤンマ捕り」である。70～80㎝ぐらいの糸の両端に、布で包んだ小さな石をつないだ道具を天高く飛ぶギンヤンマめがけて投げるのである。小石を虫餌と間違えて追いかけるギンヤンマに糸がからんで落ちてくるという仕掛けである。しばらくして、仕掛けもレベルアップし、糸は魚釣りのテグスに小石はやはり魚釣りの小さな鉛玉に代わり、威力が上がった記憶がある。トンボの習性を利用したなんとも楽しい遊びであったことを思い出す。このトンボ捕りについては、広島に転校して以後小中学から高校、大学の同級生さらに就職してからの先輩等に、思いついた時々に「このトンボ捕りをやったことがあるか」と尋ねてきたが、誰もこんな愉しいトンボ捕りをしたという人はいなかった。

それが、ふとしたことで平成の初めに滋賀県立琵琶湖博物館での昆虫学者だったか単に昆虫採集が趣味の先生だったか記憶にないが、ある先生の講演で、このトンボ捕りが「トンボつり（ブリ）」が正式名であることを知り、この同じトンボ捕りをしていた子供が当時他にもいたことを30年の時を越えてようやく確認でき、思わず嬉しくなり大感動であった。

今となっては、トンボつりが鮎《あゆ》の友釣りに相通じると感心している。方や魚、方や昆虫、両者の生態特性を利用した極めて面白い捕獲方法である。社会人になってから京都の桂《かつら》川上流で始めた鮎の友釣りは、一向に技術上がらずではあるが、今では故郷日置《ひき》川での鮎の友釣りが川との対話の場にもなり、40年近く私の一番の趣味として続いている。陸上でのバッタつり、空中でのトンボつり、そして海中・水中での魚釣り、何とも面白い取り合わせだと、こうして書きながら感心している。

また夏休みに母方の実家に帰った時は、日置川での川エビ採り、水中に潜っての目の前を群れ泳ぐ鮎の引っ掛け、米糠《こめぬか》をまいて石で囲ったところに魚を誘導するハヤ捕り、夜に岸によって来るという鯉《こい》の習性を利用しての夜釣り、チョウ・セミ・カブトムシ・クワガタ採り、冬は新聞紙で作った長い足をつけての凧揚《たこあ》げなどがある。

雨の日など時には家の中で遊ばなければならず、その時はミニ飛行機やモーターカー等のプラモデル作り、暗闇での幻灯器遊び、集めた記念切手を見せ合ったことなどが思い出される程度である。お陰で、当時我が家に本があったかどうかもわからないほど、教科書以外の本を読んだという記憶がまったくないのである。

当時の私が体験した野外での遊びは、息子たちの世代、今の子供たちの比ではないことはもちろん、当時の相賀小学校の同級生、上級生を除けば、小学校低学年の野外での遊びの世界は、中学、高校、大学そして社会人と恐らく数百人を越えるこれまでの同級生の誰にも負けないと変な自信となっている。

因みに、当時子供の遊びと言えば、ビー玉やパッチン（メンコ）だと思うが、少し小遣いのいるこれらの遊びは相賀では必要がなかった。ビー玉やパッチンをズボンの左右のポケットに入れて、子供賭博《とばく》まがいの勝負に明け暮れたのは大都会広島に引っ越してからの小学4年生以降である。

伊勢湾台風に遭遇したことを含めて、海、山、川、汽水域の大自然に囲まれた海山町相賀で過ごした4年間は、その後の私の人生の原点かつ活力の源となっていることは間違いなく、日本一の奇跡の清流・銚子川（このフレーズは最近のNHK番組で聞いたもの）を有し生態系豊かな海山町相賀の町には感謝しかない。

ところが、私の好きな「海山町」という名前は平成の大合併時に、紀伊長島町《きいながしまちょう》と海山町が合併して紀北町が発足した2005年（平成17）10月に消滅している。

京都に別字の「美山町」はあるが、海と山の町の自然・生態系の豊かな素晴らしい地である「海山」の町名が、我が国の町名リストから消えてしまったことは残念きわまりない。

できうるならば、未だ80年を残す21世紀中に「源を大台ヶ原に発し、サツキマスが遡《そ》上《じょう》し、河口はゆらゆら帯*を有し、見えないものが見える川、日本一の奇跡の清流・銚子川のある海山」なるキャッチフレーズのもとで、「海山町名復活」を切に望むところである。

先に、「私の感性を育んでくれた」と書いたが、感性とは何ものぞの問いに対して「自然、生きものを対象に体が覚えた感覚が記憶脳とつながったもので、後々の環境の場で自分の人間性、創造力を高める糧・能力となるもの」と自分なりに定義した。

ところで本書の第2章は、琵琶湖勤務時の1994~1995年の1年間の土木技術者としての、それこそ鮮烈な体験を「感性のときめき」と題して数年後にまとめたものである。

一方、本書は平成に入ってからことあるたびに書き留めていた散文を目次構成の内容で、今年になって1冊の原稿としたものである。今思えば、海山町相賀で育まれた「感性」を源として、いずれの章の内容も「感性のときめき」として結実したことに必然を感じ、本書の題名を「感性のときめき」とした。

あわせて、これまでの土木技術者として研鑽《けんさん》してきた理性による拙《つたな》い「技術」を礎に、感性にて培ってきた自分なりの拙い「文化」を融合できればとの思いで、「技術と文化の融合を求めて」を本書の副題とした。

土木技術者のみならず広く社会のために日々奮闘している技術者の皆様にささやかながらも本書が何らかのヒントになれば幸いです。

令和2年2月29日

原　稔　明

＊ゆらゆら帯……海に向かう川の水・淡水と海から満ちてくる海水の境界がつくるゆらゆらした蜃気楼のような銚子川河口で観られる現象。

目次

第1章

智の巨人「南方熊楠」

1. 南方熊楠との出会い

私は、30年前に購入しその表の写真がかなりすり切れている南方熊楠《みなかたくまぐす》のテレホンカードが入った古い名刺入れを、未だに日々の通勤バックの中に入れて常に持ち歩いている。カードの裏には、「品名106〈330-305-1990.9.1田辺支店発行〉」とある。

私が、和歌山の同郷人の中にとてつもない偉人「南方熊楠」がいたことを知ったのはかなり遅く、40歳手前の時であった。それは、私の本籍地の白浜町にある「南方熊楠記念館」を初めて訪れた時であり、その時買ったのがこの熊楠のテレホンカードである。

南方熊楠のテレホンカード

数ある展示品の中で、彼のデスマスクと彼の脳がホルマリン漬けにされて飾られていたことを覚えている。脳がホルマリン漬けにて保存されたのは、熊楠の超人的な記憶力の源が彼の脳構造にあるのではないかという疑問を解くためとのことであったが、結論的には外見上は一般人と何ら変わらないとの説明がされていたように思う。

博物館を訪れて智の巨人・南方熊楠の一端に触れて以来、当時の数年間は熊楠に関する書籍等は何でも手に入れて、彼の膨大な知識、スケールの大きな生き様を必死になって追いかけていたような気がする。

ところで、今年は明治153年に当たるが、熊楠が生まれたのは明治元年の前年の慶応3年（1867）5月18日であり、今から154年前である。2017年には、熊楠生誕150年ということで、田辺市他では郷土の偉人「南方熊楠」の業績を顕彰するため、さまざまなイベントが展開されたようである。

はや2年近く前になるが、最近の話題だと2017年12月5日に秋篠宮《あきしののみや》ご夫妻と長男悠仁様（当時11歳）が、和歌山県白浜町の南方熊楠記念館を見学され、熊楠が研究した粘菌に興味を示したほか、周辺の自然景観に感動されたと報道されている。

また、2018年2月には、東京上野の国立科学博物館にて「100年早かった智の巨人・南方熊楠展」が開催され、東京出張の際に博物館を覗《のぞ》いたのが直近の熊楠詣《もう》でである。

2. 智の巨人・南方熊楠（1867・5・18〜1941・12・29）

偉大なる「智の巨人・南方熊楠」について、持論を語れるのはまだまだ先のこと。はや30年前と幾分古くなるが、最初の熊楠ブームが起こった当時の神坂次郎氏の文章をもってここでは、熊楠のほんの一端をまず紹介する。

日本人放れしたスケールと、どのような権威や常識にもとらわれない型破りの言行。既成の学問の枠におさまりきれない独自な〝南方学〟という学問的宇宙をつくりあげた博物学の巨人、南方熊楠の生涯は、多彩で波乱を極めている。

南方熊楠、慶応3年（1867）年紀州和歌山城下に生まれる。幼少から記憶力抜群。英、仏、独、スペイン、ラテン、ギリシャなど18ヶ国語に通じ、生物、民族、鉱物、文学、宗教、天文学など、どの分野をとってもノーベル賞に値するほどの学識であったが、熊楠の名を天下に広げたのは、超人的な行動とその異能ぶりであった。少年の頃、近所の家に書物を読みに通い、わが国最初の百科事典ともいう全漢文の『和漢三才図絵』の１０５巻や明（中国）の植物学大事典『本草綱目』52巻などを毎日、数ページ分を暗記し、家に帰って筆写して、数年がかりで膨大な写本図書館をつくりあげている。筆写したこれらの書物は、後年、〈博識無限、百科全書に足が生えて歩き出したような男〉と言われた熊楠の血となり肉となっている。……（中略）……

連日のように安酒を飲みながら、大英博物館の文献を読み漁り、世界最高の『ネイチャー』誌に、矢継ぎ早に論文を発表し……（中略）……15年に及ぶ海外放浪から帰った熊楠は、紀州田辺に腰をすえ、熊野三千六百峰の大山魂は、無限の生物、植物学の宝庫であった。熊楠は憑かれたように熊野の山々を奔走し、踏査した。……（中略）……

近代の日本が生んだ独創的な思想家、日本における生態学、地域主義、自然保護運動の先駆者、偉大な博物学者、南方熊楠が逝って、すでに50年の歳月が流れている。

神坂次郎「なぜ、いま南方熊楠か」（『超人南方熊楠展』図録　朝日新聞社、１９９１年）より部分抜粋令和に入った現在、先に熊楠生誕150年のイベントが2年前に行われたと書いたが、熊楠が逝って早くも80年近くが経過している。

3. 昭和天皇と南方熊楠との相聞歌

1929年6月1日、昭和天皇が28歳の時に南紀伊へ行幸された折り、当時62歳の南方熊楠は田辺湾上神島《かしま》の近くで、お召し艦長門《ながと》船上にて和歌山県の植物分布、とくに神島の植物生態と南方の専門であった粘菌学についてご進講を行っている。

その翌日、天皇は神島に上陸されて、この島の植生を守った南方に「脱帽遊ばされた」とのことである。この時、南方は次のような歌を詠み、今その歌碑が、神島の浜辺に建っている。

一枝も心して吹け沖つ風　わが天皇《すめらぎ》のめでまし森ぞ　　南方熊楠

南方熊楠の没後、１９６2年2月5日に天皇は再び白浜に行幸された。熊楠と最初に出会って33年後に、御宿舎のホテルの屋上から、田辺湾をのぞまれて詠まれた御製がある。

雨にけふる神島を見て紀伊の国の生みし南方熊楠を思ふ　　昭和天皇

昭和天皇が神島に上陸された折りに詠んだ熊楠の歌と昭和天皇が白浜に再行幸された時の御製は、まさに33年の時を超えての南方熊楠と昭和天皇の相聞歌《そうもんか》である。

4．ロンドンに馬小屋の哲人を訪ねて

―熊楠ロンドン到着（1892年）から100年―

熊楠の扱った研究分野は、粘菌学、民俗学、文学、宗教、天文、心理、そして生態学等々におよんでいる。

我が国においては昭和の後半より、自然環境問題が顕在化し環境の保全・再生が叫ばれてから早数十年が経過しているが、依然として解決への手がかりを模索している状況

と言ってよいであろう。近年の気候変動による自然災害の増大への対応に加えて、地球環境に配慮した持続可能な開発がより喫緊の課題となってきている。

専門から総合そして統合への視点が求められている現代社会において、人間社会と自然との接点を扱う土木分野においても、従来にも増して科学を総合した智慧の統合というものが問われている時だと思う。

この偉大な自然研究者のほんの入り口に立った小生であるが、同じ自然科学を学ぶ一人として、生命に対する認識を基礎としての学問、さらに自然の循環の法則を取り入れた新しい技術を探求していきたい。これからも新たな熊楠との出逢いの中で、未知との遭遇を楽しんでいきたい。

熊楠が、１８８４年に東京予備門（現、東京大学）に入学後、１８８７年にはミシガン州農業大学に入学、１８９１年にはキューバを経て、世界の文化の中心地大英帝国、憧れの学問の都ロンドンに着いたのは１８９２年９月26日、熊楠26歳であった。

ちなみに東京予備門では、同期の夏目漱石、正岡子規、秋山真之《さねゆき》らと学ぶが、平凡な秀才教育に反抗、「人生は短いのだ、我が身の役に立たぬものを習うて何が学問か」とアメリカに渡る。その後、キューバ、ベネズエラ他を経て、「わが思うこと涯《かぎ》りなく、命に涯りあり、見たき書物は多く、手許《てもと》に金は薄し」と世界の文化中心地ロンドンに向かったのである。

ところで、今回私はダム水源地環境整備センターが行った欧州生態環境調査ツアーにおいて、スイス、フランス、イギリスを訪れて、近自然河川工法やエレベータ式魚道等の各種魚道の視察調査を行った。その際ツアー最終地のロンドンを訪れたのは、奇《く》しくも熊楠が憧れの学問の都ロンドンの終着駅・ヒューストンに到着した100年後の1992年6月、原稔明40歳の時である。100年の時を超えての胸躍る熊楠との出逢いであった。

熊楠のロンドンでの4番目の下宿前で
同郷の瀬野さん（右）と

上の写真は、同郷人の瀬野直人氏と熊楠がロンドンで過ごした下宿を探し当てた時のひとこまである。海外出張前に事前に彼の複数の下宿先を入念に調べていたとはいえ、瀬野さんの英語力のお陰で当該下宿にたどり着けたときの感慨はひとしお、これぞ熊楠の言う「事不思議」を感じた瞬間であった。

１９９２年6月

以上は、今から28年前の熊楠に没頭し奇しくもロンドンに馬小屋の哲人を訪ねた直後に書いたものであるが、科学（いのち）と宗教（こころ）を融合した概念と私なりに理解した南方曼陀羅《まんだら》に象徴される彼の偉業とその評価は、現在においてもいささかも色あせるどころか依然として未知なる熊楠ワールドは、不思議な輝きを放っていると言って良いであろう。

次に、10年前になる２０１０年5月に白浜の実家に帰ったおりに、田辺《たなべ》市にある南方熊楠顕彰館と熊楠邸（４００坪）を訪れ、紀州が生んだ智の巨人・南方熊楠の一端に改めて触れることができた。

私の好きな座右の唱え言《となごと》としている以下の言葉と南方曼陀羅がプリントされた日本手ぬぐいをみて、思わず大感動し購入してしまったのである。

宇宙万有無尽なり。ただし人すでに心あり。心ある以上は、心の能《あた》うだけの楽しみを宇宙より取る。宇宙の幾分を化しておのれの心の楽しみとす。これを智と称するかと思う。

5. 南方曼荼羅

下に示したいわゆる「南方曼荼羅」の図は、明治36年7月18日付 土宜《どき》法龍《ほうりゅう》宛書簡の中で描かれたものである。

土宜法龍は、後の真言宗・高野山管長となる人物で、アメリカのシカゴでの万博宗教会議に出席し、パリに向かう途中ロンドンに立ち寄っている。当時ロンドン滞在し仏像・仏具の整理等で大英博物館通いをしていた熊楠と法龍が初めて出会った後、意気投合した二人は連日宗教談義を交わしたとのことである。

法龍がパリに渡った後に文通が始まり、生涯にわたって膨大な量の往復書簡が交わされることとなった。文通初期のロンドン時代には、「小生の事の学」と称する独自の思想を法龍に伝えようとした。

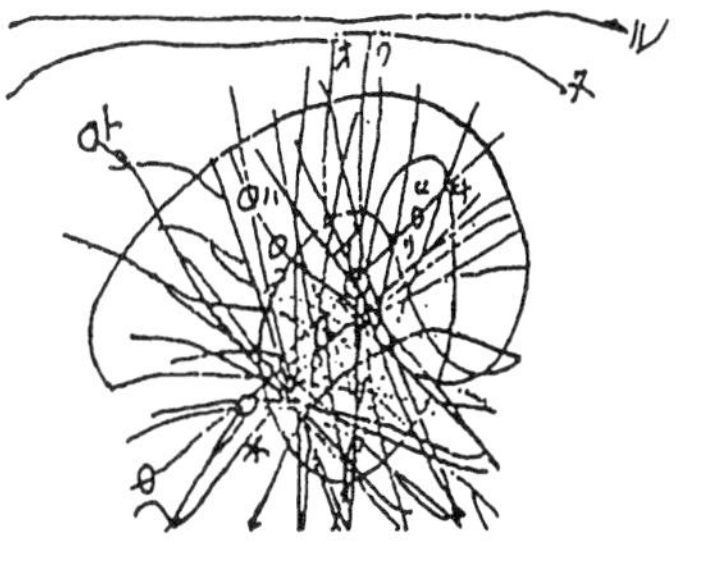

いわゆる「南方曼荼羅」の図（明治36年7月18日付 土宜法龍宛書簡より）

また、ロンドンから帰国した後の明治36年当時の熊楠は、和歌山県東牟婁《ひがしむろ》郡那智《なち》村（現、那智勝浦町《かつうら》）市野々《いちのの》の大阪屋に籠《こ》もって読書と植物採集、論文執筆に没頭していた。その那智山中から熊楠はたびたび「小生の曼陀羅」と称する科学と大乗仏教を接合する世界認識の方法を、土宜に向けた書簡において論じていたようである。

この図は、そうした試みの一つとして熊楠が描いたもので、インド哲学や仏教学を中心とする東洋思想研究の権威の中村元《はじめ》博士が「南方マンダラ」と呼び、のち鶴見和子が熊楠思想の根源をなすモデルとして紹介したために広く知られるに至ったとのことである。

以下に、鶴見和子『南方熊楠』（講談社学術文庫）により、鶴見和子氏自身の言を紹介する。

曼陀羅とは、「宇宙の真実の姿を、自己の哲学に従って立体または平面によって表現したもの」である。真言曼陀羅とは、真言の教主である「大日如来を中心として、諸仏、菩薩、明王、天を図式的にしめしたものである」。この真言曼陀羅にヒントをえて、南方は曼陀羅を森羅万象の相関関係を図で示したもの、と解した。土宜法竜宛書簡で森羅万象相関関係図を、次ページに示すごとき絵図に描いた。

この南方の絵図を、中村元博士にお目にかけたら、「これは、南方曼陀羅ですね」

と即座にずばりいわれた。そこで、わたしも、中村博士にならって、これを「南方曼陀羅」と呼ぶこととする。曼陀羅、今日の科学用語でいえば、モデルである。南方曼陀羅は、南方の世界観を、絵図として示したものなのである。

一方、このモデルを、南方はつぎのように説明する。

宇宙には、事不思議、物不思議、心不思議、理不思議がある、と南方はいう。近代科学が比較的うまく処理しつつあるのは、物不思議である。数学や論理学は、事不思議を解くが、形式論理学では、複雑な事不思議を十分に解きあかすことはできない。心不思議、理不思議に至っては、近代科学ではまだわからないところが多い。

ところで、熊楠は粘菌に惚《ほ》れ込んだ理由を問われて、「この世とあの世とを往来する輪廻の説を地で行く生物だから」と答えたという。粘菌なる生きものは、植物と動物の境界領域を生々流転し、生命の原初形態である極めて奇妙な生きものである。

私が、熊楠に最初に遭遇して以来、熊楠を模範としてきたことは、土木工学の領域を飛び越えて、不思議な生きものたちの生態解明から果ては宗教の世界までを対象に、「森羅万象 微分積分」をモットーに、とにかく広く他分野に視野を広げて宇宙万有の智を求めることを心がけることであった。

熊楠の足の小指のもとにも到底到底およばない私であるが、お陰で同郷人の巨人を追いかけることで、心の能うだけの楽しみを宇宙より取ることができつつあることに感謝している。

第2章

感性のときめき——琵琶湖での1994年から1995年の一年——

1．平成6年の琵琶湖大渇水からその後の一年（阪神淡路大震災、ネパール出張他）

平成6年の琵琶湖・淀川流域の夏は、7月10日には早々と梅雨が明け、その後2ヶ月間はほとんど降雨がなく、琵琶湖の水位は7月後半から8月にかけては、毎日約2cmと過去に例をみない急激な水位低下が続いた。その結果、琵琶湖においてオランダ人のエッセルの指導で明治7年（1874）に鳥居川水位観測所を設置して以来、120余年の琵琶湖水位観測史上最低のマイナス123cmを9月15日に記録したのである。

この1994年9月15日を皮切りに、その後の私の土木技術者人生にとって極めて貴重かつ鮮烈な感動の約1年間を、「感性のときめき」と題して日記風に以下に記す。

①　平成6年9月15日（1994年）

琵琶湖夏渇水

滅多に見られない琵琶湖の景色を観るために、「敬老の日」の祝日に家族で家棟《やのむね》川河口、中主《ちゅうず》町（現、野洲《やす》市）安治《あわじ》の湖岸に行き、シジミ、タテボシガイ等の貝拾い。持ち帰って家で食べたシジミのみそ汁がおいしかった。素晴らしい天気!!　琵琶湖水位マイナス１２３cm（１２０余年の琵琶湖水位観測史上最低記録となる）。偶然、マイナス１２３cmを家族全員で体感したことになる。この日の情景は、子供たちの記憶に残るだろうか？

「湖底には　三日天下の　夢の跡」「浮御堂　早く着せたい　水衣」　H氏作

まさか翌日大雨が降るとは予想だにせず

1994年９月15日の琵琶湖岸での家族

渇水時の浮御堂

② **平成6年9月16日**

ほんとに、ほんとに久しぶりの雨

秋雨前線の威力（レーザー雨量計の画面に快感!!）

琵琶湖の低水位、一気に回復（マイナス123cmからマイナス88cmまで）

また、その約1週間後に襲来した台風26号の降雨により琵琶湖水位は、マイナス88cmからマイナス48cmまで、さらに一気に回復し、10月4日には取水制限が全面解除された。

③ **平成6年11月4日**

ビデオ『94夏渇水・琵琶湖』完成

琵琶湖水位が観測史上最低記録となる琵琶湖周辺と琵琶湖開発の事業効果をいかんなく発揮したことを映像化。

先を見越した周到な準備と迅速な調査、そして映像会社の日本シネセル他、多くの方々の協力のお陰で素晴らしい映像ができた。後日開催の琵琶湖渇水に関する委員会にて高い評価を受ける。常日頃の琵琶湖への思い入れがあればこそ。

④　平成６年12月７日

びわ湖放送「人物周航」のコーナーに出演約10分

水資源開発公団事業・琵琶湖開発事業等について、上下流の人々が一体となって水辺に親しみ、湖を知る文化と遊びの創生について、琵琶湖への想いを語る。

⑤　平成７年１月17日（１９９５年）（阪神淡路大震災）

午前５時46分　大地震

夜中から寝付きが悪く、長女もこそこそ起きてくる。「今夜は寝れないね……」。３時か４時頃まで読書をしていただろうか。そろそろ寝る態勢に入り、うとうとした状態とはいえかなり鮮明に５時46分の瞬間を迎える。

強烈な縦揺れ、今までに経験なし。すぐにローリング、ピッチングの中を子供部屋に急ぎ、安全確認に。家族全員異常なし。

大津は震度５であったが、不思議なことに地球儀が倒れたぐらい。

「ついに南海沖地震が来た!!」

一息入れてから、白浜、田辺（新庄）に電話し異常なしを確認。特に、新庄には津波に気をつけるよう駄目押し（直後で電話はまだ通じた）。運悪く、新庄の父は九州に出張中とのこと。白浜の母との会話では、「揺れたね」ぐらいで緊迫した返答なし。

その後、テレビにて神戸（淡路島）が震源の内陸直下型大地震と知る。

吉川課長から電話があったと古城総務課長が宿舎に来られた。おかしいなと思いつつ速やかに事務所に出勤し、事後処理にあたる。

支社とは連絡とれず、琵琶湖はともかく、連休明けと言うこともあり一庫《ひとくら》ダム（兵庫県川西市）が一番気になり、すぐにマイクロ電話にて一庫に電話する。管理課長がすぐ出て、「ただ今点検を実施中」の一言に安心する。「よし、一庫は大丈夫だ」

地震後の神戸市内

　実は公団職員録の我が家の電話番号が間違っていたため吉川課長からの電話がつながらなかったことが後でわかる。時間が経つにつれて被害甚大、大震災であることが徐々に判明。その後の対応の詳細を述べるにはここでは紙面がたらず、別途記述できればと思う。

　今から想えば体が何かを感じていたのか……否、ただ単に、寝付けなかっただけか。

前ページの写真は、地震後の神戸市内の状況である。

【原の仮説Ⅰ】

「生命ネットワークをも用いて前兆現象（宏観《こうかん》異常現象）を総合的にキャッチできれば、直下型地震は予知可能である」

昨今、地震予知に関する報道を聞くにつけ、あまりにも物理化学的な前兆現象の直接的な追跡ばかりにエネルギーを使っている印象を受ける。ありとあらゆる生き物たちの超能力（あらゆる感覚が退化した人間様から観れば超能力かもしれないが、生き物たちにとってはぁたりまえの能力）のネットワークと物理化学情報の総合ネットワーク化で、直下型地震はかなりの確率で予知可能となる。今の行政の仕組みでこれらの情報を総合化する組織や〝未知能力〟への社会をあげての探求しようとする意気込みが小さいように思われる。またしても縦割りの弊害ここにあり。

【原の仮説Ⅱ】

「昨年の大渇水が阪神淡路大震災の誘発の引き金となった」

大地の渇きと水（地下水）と地震の関係の研究が必要

【教訓】

危機管理ネットワークの構築の重要性を痛感（今回のような場合、関西支社機能の無力が明らかになる）

⑥ 平成7年2月2日

若林正人氏（銀行マンから転身したニュースキャスター）の年頭講話を聞く。

堅田商工会議所にて

マスコミ批判と裏話（久米宏氏が年俸5億円以上と言っていたであろうか）

海外経験から観た日本、何となく面白い話ではあった。

⑦ 平成7年2月3日

技術士「合格」

昨年の渇水の最中の勉強の成果が出る。

⑧ **平成７年２月11日～12日**

「葛川《かつらがわ》少年自然の家」　安曇《あど》川沿い朽木《くつき》村（現、高島市）

幸い雪に恵まれ家族全員で初めてのスキー遊び。雪のエネルギーには何かがある。

今からちょうど３３３年前に花折《はなおれ》断層が動いたとのこと

過去の何回かの大地震により、琵琶湖の水位が上昇したとする仮説

秋田裕毅《ひろき》著『びわ湖　湖底遺跡の謎』（創元社）

⑨ **平成７年２月19日**

入浴コンサート

阪神淡路大震災救援炊き出しコンサートに向けて、「琵琶湖の歌を広める会」の西田、戸田岸《とだぎし》氏等が中心に、大津市の銭湯で準備の集いを開催。風呂に入って、よりによって銭湯でコンサート。何ともユニークなコンサート。どなたの発想、戸田岸さんだっけ？

⑩ **平成７年２月26日**

大震災炊き出しコンサート（琵琶湖の水と共に）

震災後の神戸市長田《ながた》区に琵琶湖の水を運び、「炊き出しコンサート」を開催。

矢吹志帆（ブルーレイク賞受賞者）、野村ミエさん他出演

琵琶湖総合管理所は〝琵琶湖の水〟を運ぶトラックの手配等、縁の下の力持ちとして陰ながら支援、加藤、西岡若手職員のボランティアに拍手。

もっと早く水を運んでくるべきであった。震災後の長田区等を初めて観る。実際にこの目で見て、現地の人々の生の声を聞く。うわべだけのマスコミ報道の限界に考えさせられるものあり。どれだけ真実が伝わっているか。

上の写真は、長田区に琵琶湖の水を搬送してのボランティア活動のひとこまである。

長田区でのボランティア活動

⑪ **平成7年3月8日**

「Jリーグ誕生への軌跡」川口三郎チェアマンの講演

滋賀総合研究所主催セミナー

教育のあり方、地域の時代のあり方、人々の触れ合い等についての熱弁に感動。

Ｊリーグのことついてほとんど知識がなかったことを知らしめられた。

⑫　平成７年３月19日～26日

ネパールへ海外出張（ＪＩＣＡ短期派遣専門家）。
国際治水砂防セミナー参加。
「日本におけるダム貯水池の堆砂対策について」発表。

乾期のカトマンズ・トカラは埃《ほこり》とゴミの街

モノを求めて人々が極度に都市集中した結果、インフラ整備が追いつかない状態。建設ラッシュ、電力不足（毎日のように停電）、水不足（給水車）。一歩郊外に足を踏み入れると、そこは日本の50年前を思い起こさせる棚田、牛、鶏等の田園風景の地。食料は自給自足の農業国で一見豊かに見える。インドの経済圏。

世界最貧国といわれているが、宗教に根ざした東洋思想のせいか、どこか先進文明圏の雰囲気を感じた。乞食、病人を街に寺に見かけるが、人々の肌は艶々《つやつや》とし、子供たちの瞳はキラキラと輝き、免疫力のある逞《たくま》しい人たちという印象。

仏教（少数）とヒンズー教（多数）の混在した不思議な世界。

カトマンズ市内の子供たち（1995年３月22日）

神々の棲むヒマラヤへマウンテンフライト

最初に乗った飛行機、滑走中にエンジントラブル。離陸直前のトラブルで事なきを得る。機を乗り換える。少々不安となるが、神々の棲むヒマラヤのマウンテンフライトでは飛行機は絶対に落ちないと変な確信を持つ。

今度は速やかに離陸後、素晴らしいヒマラヤの景色が眼前に飛び込んでくる。アンモナイトの化石とそびえ立つチョモランマ（エベレスト）、マナスル等の最高峰に地球誕生以来46億年の息吹を感じる。「ガイア仮説」。

人々との出会い（何と狭い同業者世界か—縁尋《えんじん》機妙—）

「ナマステ」　ネパール語で、「おはよう、こんにちは」

以下の人たちとの出会いと再会があった

ヒマラヤマウンテンフライト（1995年３月23日）

①井上隆司氏（青蓮寺《しょうれんじ》ダムに勤務していたとのこと）

②岩切哲章氏、川崎秀明氏との再会（まさかネパールで会えるとは）

③川崎秀明さんの後任が、公団からの進藤裕之さん（マレーシア）

④井上隆司さんの後任が、京大中川博次研究室卒業生の若井健さん（大阪府から）

⑤大井英臣さんの後任が、杉本氏（滋賀県から、かつ公団ＯＢ）

⑥カトマンズで、井上さんに誘われ一緒にマッサージを受ける。

そのときの整体マッサージ師が、滋賀県伊吹山の麓で修行したとのこと。

⑦サンセットビューホテルの支配人の通称「トラちゃん」は、昭和40年代大阪京橋あたりで働いていたとのこと

⑧富山県東《ひがし》礪《と》波《なみ》郡利賀《とが》村（利賀ダム）の村長さん（蕎麦《そば》が取り持つ縁でネパールにきたとのこと）

聖なるガンジス川の上流支川のカトマンズ市内を流れるバグマティ川の川岸で執り行われる火葬の儀式とその灰を川に流す風景、瞳や肌がイキイキ輝いている子供たち、そしてあの〝神々の棲むヒマーラヤの峰々〟を観て、生命、宗教、科学、文化、歴史など、多くを考えさせられ、かつ強烈な印象を覚えた旅であった。

「東京地下鉄サリン事件」が主張中の3月20日に発生したことを帰国後に知る。

⑬ 平成7年4月14日

海津大崎の観桜

中川博次先生、愛子夫妻そして瀬古育二夫妻と共に「翔泳」にて琵琶湖周航そして伊香郡高月町（現、長浜市）の渡岸寺《どうがんじ》へ

わが乗りし船にそひつつ低く飛ぶ　川鵜《かわう》の翼大きく見ゆる
琵琶の湖縦断しつつ長き刻《とき》　この大き湖の神秘おもひし
渡岸寺のみ仏の耳に華麗なる装身具あり現世《うつしよ》に似て

中川愛子氏作

船上からの海津大崎の観桜（1995年４月14日）

国宝　向源寺　木造十一面観音立像
（向源寺提供）

⑭ **平成7年5月4日〜5日**

小さな家族の集い　再び「葛川少年自然の家」へ

春の登山（ハイキング）　石楠花《しゃくなげ》の自然植生地を観る。

体力不足を痛感、子供たちに負ける。足腰を鍛えるぞ。

大雨の気配はなし。

⑮ **平成7年5月13日**

雨と琵琶湖高水位の43歳の誕生日。

連休明けから予期せぬ大雨で、5月16日にはまったく予想外の琵琶湖水位プラス95㎝

（朝からテレビでは、オウム真理教の麻原逮捕劇）

内水排除施設〝13機場の全施設稼働！〟

早速、内水排除施設の効果発揮のチラシ作成。

【教訓】

常に〝起こる〟ことを念頭に事に当たる—正しい危機管理を—

⑯　平成7年6月27日

琵琶湖セミナー　土木研究所・竹林征三部長の講演
竹林さんもいよいよ宗教の世界に。

⑰　平成7年7月7日

水文・水資源学会勉強会メンバー来所
別途作成の私案「びわ湖のゆらぎ」をＯＨＰにて初披露
その他昨年の渇水、今年の高水位についてビデオ等をまじえて報告
「びわ湖のゆらぎ」―太陽のいぶきがびわ湖にゆらぎと豊かさを―

琵琶湖曼陀羅
・びわ湖小宇宙には意志がある
　偶然から必然へ、マイナス１２３㎝からびわ湖が見える
・太陽のいぶきがびわ湖にゆらぎと豊かさを
　陽（豊）きわまれば陰（災）に転じ、陰きわまれば陽に転ず

・アユ、ニゴロブナ、モロコ……たちがCOSMIC DANCEを
　出水で魚たちも危機意識、多くの子孫を残さなければと！

☆自然の営力がびわ湖の自然治癒力を蘇生させる　宇宙（波動）エネルギー
☆一人一人のびわ湖への想いがびわ湖を活性化させる
　ユングの集合的無意識（COLLECTIVE UNCONSCIOUSNESS）
科学と宗教（量子力学、深層心理学、東洋思想）とを止揚《しよう》した新しいパラダイムで、宇宙（生命）の仕組みがわかり、人類が悟りを拓き、素晴らしい世界が間もなくやってくる。しかし、この大進化の前に〝大きなゆらぎ〟―カオス―を経験しなければならない。
　大いなる啓示
　天外伺朗著『ここまで来たあの世の科学』（祥伝社ノンブック）

⑱　平成7年7月13日

体調がおかしい？
大渇水、大地震、そして5月の出水、この一年のことを転勤前に少しでもまとめよう

として少々無理をしたようだ。
高橋病院から大津日赤病院に行く。
「顔面神経麻痺」と診断され、投薬で治らないこともないが後遺症が残る可能性あり。
完治させるためには入院加療を勧められる
７月14日……災い転じて、これも何か天からのイエローサインと考え、
　　17日より入院治療することを決断

⑲　平成７年７月16日

今森光彦氏と自然を語る会
入院前日に、皇子山「いこいの村」にて
　　日高敏隆滋賀県立大学長、嘉田由紀子氏、遊磨《ゆうま》正秀氏も参加。
〝この人はただの昆虫写真家ではない〟
「個を通して、全体を観ようとしている人」
昆虫を通して、びわ湖世界、自然、里山のくらしを観る。ホーリズムの視点
「個にして全、全にして個」、「一即多、多即一」

今森光彦さんは、尾花川の琵琶湖湖畔で育ったとのこと（小生の皇子山《おうじやま》中学校の後輩）

⑳ 平成7年7月17日～8月2日

17日間の入院生活
入院加療1週間を過ぎたころより、ようやく治癒の兆候現れるものの、ステロイドホルモン投与の副作用あり。17日間の入院にて退院。家族を含めた多くの方々に感謝。
災い転じて……今回の休養は結果的に福に転じたようである。

宇宙（生命）のしくみを観聴し、東洋医療による免疫力を上げる生活で以て健康な心身を保持する――未病の世界――ことに努めよう

「創造の病（CREATIVE ILLNESS）」
一見マイナスに見える病ということが、より全体的視点から見直すとその人の創造性や仕事とうまく絡み合って、全体的なまとまりをなしているように見えてくるのである。

河合隼雄『日本人とアイデンティティ』

17日間の入院という「暗在系（IMPLICATE ORDER）」の生活

宇宙は、我々が知覚できる「明在系（EXPLICATE ORDER）」とその背後に存在する「暗在系（IMPLICATE ORDER）」より成り立っている。「暗在系」では、宇宙の全ての物質、精神、時間が畳み込まれており分割できない。「明在系」、即ち我々が観測できる宇宙の秩序、時間、空間などは「暗在系」の一つの写影である。

デビッド・ボーム「ホログラフィー宇宙モデル」

⑳ **平成7年8月9日**

中部支社に初出勤

7月15日の辞令から入院生活による約1ヶ月の赴任延期を経て中部支社に初出勤。

2. 長谷川甚吉さんとの再会

それは思いがけない出会いであった。顔面神経麻痺で大津日赤病院に入院してからしばらくが経ち、幸い顔面神経麻痺以外はどこも悪いところがなかったため病院を抜け出して、早朝に近くの長良《ながら》公園のお不動さんに散歩し始めてから5日目ぐらいであろうか。いつもより目覚めが早く、6時前にお不動さんの水を飲んでいた時である。

気がついたら、目の前に野球帽をかぶった人がおり、「おはようございます」と言って、ふと見上げると、なんと長谷川甚吉さんではないか！　15年以上経っているが、一目で長谷川さんとわかった。

今回、琵琶湖に転勤して来た時から、長谷川さんとお会いしたいと思っており、個人タクシーに乗った時には、運転手さんに「以前、水資源公団でタクシー運転手をされていた長谷川甚吉さんは、今どうされてますか。ご存じですか」と聞いたことがあった。

「体をこわされて、今はもうタクシーの運転はされていないですよ」と聞かされ、残念だなあと思っていた矢先であった。

「原です。覚えていますか」の問いに、申し訳なさそうに首を横に振った。残念ながら記憶から消えているようであった。大病の後だから、仕方がないことである。長谷川さんご自身の話によると、脳溢血《のういっけつ》で4回も入院生活を送ったとのことである。そのせいか、口元が少し不自由そうな感じであった。

聞くと、リハビリを兼ねて毎朝、この時間帯に長良公園を散歩しているとのこと。また、最近になって昼間には「手話」の勉強も始めたのことである。

さすが往年のバイタリティーは健在だ。気力は大したものである。頑張ってもっともっと快復して、早くタクシー運転を再開してほしいと願うだけである。甚吉さんならできるはずである。

ところで、長谷川タクシーさんは、私が公団に入社して琵琶湖開発建設事業部に初赴任の時に、大変お世話になった。何回、琵琶湖周辺の工事現場等に案内してもらったであろうか。話題豊富で安全運転の長谷川タクシーは、建設部内ではいつも予約で一杯だったから、そんなに頻繁に乗せてもらっていないと思う。

当時、建設事業部と提灯《ちょうちん》マークの長谷川タクシーさんとの間で借り上げ契約していたのである。あと一人、田中タクシーさんという人もおられた。お二人は、遠出の仕事が多く毎日のように琵琶湖一周して公団の仕事に尽力してくれていた。そんな中、新入社員の私などは長谷川さんから、琵琶湖の現場に案内してもらう途中、琵琶湖周辺のいろいろな民話や歴史の話を聞かせてもらったものである。今思えば、目の前に迫った仕事に打ち込まなければならない職場の人とはまた立場が異なり、違った視点で琵琶湖開発事業を支援してくれる貴重な方であったように思う。

また昔、京都で営業していたとのことであり、自分では進駐軍に習った「ブロウクンイングリッシュ」と謙遜されていたが、〝大した英会話力!!〟で、会話の訓練をろくに受けていない小生はタジタジであったように記憶している

当時50歳前後だったでしょうか、バイタリティーにあふれ、一度会ったら忘れられない個性豊かで、周りの人たちを愉しませてくれる甚吉さんであった。

昼休みには公団職員と、上は肌着一丁で卓球に汗をかいていたこともあった。15年以上前の様子がまさに昨日のようである。

琵琶湖で2年間を過ごした後、東京に転勤した際に、長谷川さんにも挨拶状をお出しし、返事をいただいた記憶があるのだが……。

今日お会いしたときに、「おいくつになりますか」の問いに、すかさず「sixty-six、sixty-six」とanswered in English　さすがである。

京町に住んでいるとのこと、落ち着いたら一度おうかがいしようと思う。『淡海よ永《と》久《わ》に』その他の資料を持って。当時の写真が見つかればよいのだが、また甚吉さんからの葉書も。

またまた不思議な出会いであった。

偶然か、否、これこそ必然の再会である。

平成７年７月28日午前６時少し前
長良公園のお不動さんにて

残念ながら、その後お会いすることもなく、また退院後８月に中部支社に赴任したこともあり、仕事にかまけてお会いしに行くこともすっかり忘れていた。ご存命ならば、今年91歳になるかと。奇しくも我が母と同い年であることを今知った次第である。

（令和２年１月30日）

第3章

長良川との対話

1. 長良川でのアユ、サツキマス

先に述べた琵琶湖渇水の後の阪神淡路大震災の前だったか後だったか今となっては覚えていないが、平成7年の1月頃に不思議な夢を見たことが忘れられない。

それは「長良川河口堰《かこうぜき》の仕事」をする夢であった。琵琶湖の仕事に奔走《ほんそう》している時に、「なぜ俺が河口堰なのだ。それもなぜ建設省のMと一緒に仕事をするのか」と、後に現実となるいわゆる正夢なるものをみたのである。

現実となったのは、その年の7月に中部支社勤務を命じられたのであった。内示の瞬間は「何しに俺が中部支社に行くんだ?」と思ったが、正確には中部支社にて「長良川河口堰のモニタリング担当」をしろとの業務命令であり、正月にみた夢が正夢となったことに驚愕《きょうがく》した。

当時は、平成7年から本格運用が開始された長良川河口堰については、建設事業の段階から事業反対運動の矢面に立ち、平成7年からの河口堰運用開始に関しても、中部管内はもちろん、全国的な環境問題、河川事業の反対の旗頭としてマスメディアの注目を一身に集めていた。

大事業である長良川河口堰の多岐に渡るモニタリング対象項目のうち、私が担当したのは幸か不幸か「魚類の遡上《そじょう》・降下」、つまり河口堰の影響が最も注目されるアユ・サツキマスが、河口堰を健全に上ったり下ったりできているかを検証するモニタリングであった。

この年の７月、正確には８月から私の公私混同ともいえる〝寝ても覚めても〟の「アユ・サツキマス」一辺倒の約３年の生活が始まったのである。

ＮＨＫ（Ｙ賢治記者）や民間放送各社のテレビカメラの前に立たされること数度、時には言質《げんち》を取りに夜の単身赴任寮まで電話にて追いかけてくるマスメディアもあり、翌日には私の発言の良いとこ取りの正しくない記事が掲載されることもあった。

先に、幸か不幸かと書いたが、小さい頃から故郷の日置川や三重県尾鷲《おわせ》市近郊の銚子《ちょうし》川にての川遊び、とりわけ水技術者となってからは、アユの友釣りが趣味となり、アユ・サツキマスとの対話を仕事とすることは、いわゆる好きこそ何とやらで、一向に苦にならなかったことが幸いであった。

また、先の琵琶湖勤務の前には、ダム水源地環境整備センターなる財団法人に出向して、魚道の調査や設計、さらに河口堰の魚道委員会の事務局などの業務、とりわけ次節「アマゴたちの囁《ささや》き」で出てくる長良川河口堰の「せせらぎ魚道」の基本設計にも携わった。

小学生低学年時を最初にこの方40年来の魚との付き合いが、正夢となる長良川河口堰のモニタリングの仕事に携わることにつながっているのかもしれないと、これが南方熊楠の言う「事不思議？　理不思議？」かと、後日思った次第である。

ここで、少し唐突ではあるが先のNHKのY賢治記者のことについて触れておきたい。当時NHKのY賢治記者には何度も取材で追いかけられる中で、時には個人的な会話もした。「Y賢治記者は岩手出身で、賢治という名前はお姉さんが宮沢賢治のファンで賢治の名前は姉がつけてくれた」との話などに及び、マスメディア関係の人で唯一忘れられない人となっていた。そのY賢治記者が、数年前突然ニュースウォッチ9で原発担当デスクとしてテレビ画面に登場したのである。その時の驚きを忘れられず、懐かしさのあまり数日後に渋谷区神南のNHK宛で、Y賢治記者に手紙を出したら約2週間後にメールにて返信をいただいた。

「川内《せんだい》原発の再稼働前に事前取材体制等々にて忙しくしており返事が遅くなったこと、

科学文化部に長く所属しているのは、長良川の取材が大きく寄与していることに思い至った」等々の丁寧な内容であった。

今思えば、ＮＨＫのＹ賢治記者との出会いは、真摯《しんし》に事業の説明責任を果たすことをも使命とするその後の私の土木屋として貴重な体験となったように思っている。

次に、以下に記述した「アマゴたちの囁き」は、〝寝ても覚めても〟の「アユ・サツキマス」に没頭した頃に、土帰月来の単身赴任の名古屋から京都に帰る１時間弱の新幹線の中で、文案が突然降りてきて草稿文を書きなぐった。

後に推敲《すいこう》して、次項の「アマゴたちの囁き」文を書き上げて、これまた不思議な満足感を味わったことを思い出す。

2. アマゴたちの囁き

今年は、去年のクリスマス寒波の襲来にはじまって、久し振りに寒い冬だ。去年の秋からほとんど雨が降っていなかったところに、年改まった成人の日には珍しくまとまった雨も降ったので、うきうきして川を下ってきたけれど、長良川はいつもと様子が少し違うみたいだ。治水神社のあたりでも潮の満ち引きはなく、水はしょっぱくないし、魚たちのメンバーも少々変わっている。一方、水面にはガンやカモさんたちがいつもよりたくさん羽を休めているみたいだ。川の流れがちょっと緩やかだなあと思いながら、さらに下っていたら面白いゲートがたくさんあるところまできた。これが、人間さまたちの一部の世界で騒がれている〝長良川河口堰〟というやつらしい。えらく立派なものができたものだ。

「河口堰は、環境破壊だ、洪水がくればかえって危険だ、水は余っているから不必要だ……」いろんなことを言っている人がいるし、僕たちのこともえらく心配してくれてるみたいだ。「アユやサツキマスなどの魚は、ゲートをうまく遡《さかのぼ》ったり降りたりできない」と言ってね。

心配してくれるのは有り難いんだけど、やっぱり僕らの身になって、自然の本当の姿を理解してから色々と言ってほしいと思うのだけれど……

僕たちからみると、河口堰はすきまだらけで、いつでも海へ行こうと思えば行けるし、また海から川へ行こうと思えば行けるよ。いつでも水は流れているし、大潮小潮にあわせて水位差が約２・５ｍから０・２ｍ程度に変化したり、さらに堰上の水位も変化するなど、作った人もふくめて人間さまは堰といっているけど、これをほんとに堰というのかな……。

真水と少しうすい海水のたんなる「さかいめ」にすぎないね。管理所の人たちは上手に操作しているみたいだけど、流量や水位に変化を持たせた「ゆらぎ操作」というのをもう少し時間を長く、回数を増やしてもらうともっと楽しいんだがなあ。

ところで僕たちアマゴは、海に下る時は塩水の中でも生きてゆけるようにスモルト（銀毛）化という変身をするんだ。しかし、川の上流や中流に住むアマゴのなかにはスモルト化するものもいるし、しないものもいるし、さらにスモルト化したものでも海まで下るものもいるし、下らないものもいるんだ。

去年の12月のように雨がほとんどふらず川の水が少ない時は、鵜《う》などの鳥たちにやられる危険もあるのであまりうろうろしないんだ。11月から１月の寒い時期に、川の水が増えたり、水の温度が冷たくなって餌《えさ》が少なくなってくれば、スモルト化のＤＮＡ遺伝子にめざめたアマゴの中から温かい海に下りたくなる奴もでてくるんだ。

だけど最近は海にいっても海の漁師さんたちが、おそろしく立派なやり方でシラウオなどの漁をするので、さすがに逃げるのがむつかしく多くの仲間がやられちゃう場合もあるんだ。かえって堰の上流のほうが安全かなあ。餌となる小魚などが増えるかどうか、少し様子をみてやろうと思っているんだ。

人間さまも僕たちのように、頭の中や体質をスモルト化して陸上（表の世界、明在系）のみならず水中（裏の世界、暗在系）をも思う存分楽しんだらどうかね。

フランスのジャック・マイヨールという人は、１９７６年に世界で初めて素潜りで水深１００ｍという常識破りの記録を達成したダイバーだそうだ。我々魚を含めたすべての生き物たちの遺伝子を集約した人間さまには、使っていない遺伝子がまだまだいっぱい眠っているらしいよ。頭だけで考えると髪の毛がほんとにスモルト化するぐらいで、ろくなことないと思うけどなあ。科学万能と思い込んで、かえって世の中が見えなくなってきた人間がふえたね。

そうそう、最近は川で遊ぶ子供たちが少なくなって僕たちも淋《さび》しいね。頭を使う勉強もほどほどにして、郡上八幡《ぐじょうはちまん》や岐阜の中上流域だけでなく河口堰のあたりでもうろうろ遊んで、ほんもの体験をしてほしいね。体でいろんなことを覚えるということは将来きっとやくにたつよ。

ところで、河口堰にはいろんな種類の魚道があり、呼び水式（階段）魚道の横には観察窓という素晴らしい「ほんもの水族館」があるんだ。僕たちはあそこは安全だから、時々うろうろするんだ。カニさんたちもロープ伝いのサーカスごっこをしたり、春にはアユさんたちが大群をなして遡ってゆくんだ。

河口堰の左右岸に設置された呼び水式（階段）魚道の他に、上下流の閘門を交互に開け閉めして僕らのような魚の他にカジカなどの底生魚と言われて川底をはって移動する魚に便利な閘門式のロック式魚道と呼ばれる魚道があるよ。さらに、長良川河口堰特有の「せせらぎ魚道」と言っているようだが、まさにせせらぎ状態の自然の小さい小川が魚道として大変有効で、海から戻ってくる我等の親分サツキマスたちも大いに利用しているね。

さて、この冬は10年ぶりの寒さで雪がよく降り、「雪は天からの手紙」と、中谷《なかや》宇吉郎という雪の先生が言っていたけど、僕たち天魚《あまご》にとっては、天からの面白い話がいっぱい届けられて久し振りに楽しいね。日本のマスコミは、一昨年《おととし》、昨年あたりから記録的な天気だとか、異常気象とかいう言葉が好きで騒いでいるけれど、みんな「おてんと様」や宇宙からのエネルギーの「ゆらぎ」が原因であって、周期的にやってくるだけなのに、人間さまは天変地異をすぐ忘れてしまうのだから困ったものだ。

太陽の黒点は11年周期で減ったり増えたり、また約１００年の大きい波もあるみたいだよ。ここ数年は、黒点の数が極めて少なくこれらの波の極値にあたっていて、いままでになく「地球のゆらぎ」が大きいのも不思議なことではないんだ。さらに、世界中でエネルギーを使い過ぎて地球が急に温暖化して来ているのにはいよいよ困ったね。

いずれにしろ、このところ暖かい冬が多くなってきているから、僕たちアマゴは昔に比べてあまり海に行く必要がないんだ。暖かい川では十分餌があるからね。

ところで、サツキマスが減ったとか、絶滅するとか言って騒いでいる人がいるけど、アマゴがいる限り絶滅なんてありえないね。サツキマスは、アマゴが海に下り餌をたっぷり食べて大きくなって川に戻ってきたアマゴが大きく変身した親分たちなんだよ。

あまり海に下る必要がないからサツキマスに変身する仲間が少なくなってきているだけで、寒い冬がまた50年、１００年と続くとサツキマスとなって西日本全体で増えると思うよ。僕たちの兄弟の日本の北に住んでいるヤマメさんたちは、いまでも多くサクラマスに変身しているようにね。

富山の鱒寿司で有名なサクラマスさんはおいしいけど、僕たちサツキマスだって負けず劣らずおいしいんだぞ。今となっては数が少なくなったものだから、長良川なんかでは人間さまに無理無理スモルト化させられて、海へゆけ海へゆけと兄弟たちを増やされているのも事実なんだなあ……。

まあ、あれやこれやで「さつき」の咲く5月頃に僕たちが多く遡る年もあれば、去年のように伊勢湾の様子がおかしかったり、冷たい春だと数が少なくなったり小さかったりするのは当然なんだ。自然のゆらぎが、僕たちもふくめすべての生き物たちを活性化させるんだ。多様性に富んだ豊かな自然の営みは「ゆらぎ」があってこそということをわかってほしいね。

あの面白い数学者の森《もり》毅《つよし》先生が、最近は世の中ちょっと「わかること（答え）を急ぎすぎる」といってるよ。すぐに答えをほしがって、数（値）が気になってしかたがないというのは、マークシート方式というかこのところの教育の弊害がでているね。場合によっては、数ほどいいかげんなものないよ。特に生命現象は、「多即一、一即多」、「全にして個、個にして全」なる宇宙だよ。マスコミも、長期的視点、マクロ的視点に立って『長良川（河口堰）から地球のゆらぎ（太陽のいぶき）、生命の神秘がみえる』と言うぐらいの見出しで楽しい番組をつくってほしいね。

最後にあとひとつ昔と少し違うのは、僕たちが海から遡って来たら来たで、今度は川の漁師さんに捕られちゃうので、上流の産卵場までなかなか行けないことも案外知られていないんだ。海に下りないでずっと川にいるアマゴや戻りシラメと呼ばれていて、下流まではおりるけれど海には行かず、また上流に戻って行く兄弟もいて、いろんなアマゴ一族が秋に産卵に参加して遠大な歴史を生きぬいて子孫を残しているんだ。

人間さまもわれわれサツキマスも「あらゆる生物は、したたかな遺伝子に操られたその遺伝子を生き延びさせるためにのみ存在する乗り物である」というリチァード・ドーキンスの「利己的遺伝子——The selfish gene」という考えかたは、大変おもしろいと思うよ。

話が長くなったので今日はこの辺でお終い。おなかが空いたので伊勢湾を回遊してきまーす。この続きは暖かくなった五月にでも…じゃバイバイ。

3. アユたちの囁き

こんどは僕たちの囁きの番かなあ。生まれたばかりの7～8㎜の小さな僕たちを泳ぎのできない糸屑《いとくず》のように思っている人間さまが多いようだが、小さな僕たちだって命を与えられた喜びでいっぱいなんだ。川の水に流されながら、時には自ら泳ぎながら懸命に生きているんだ。プランクトンにとって、僕たちは巨大な魚なんだぞ。

堰のゲートのところを通過するときは、潮の干満で堰の上流と下流の落差は、少し大きくなったり（約2・5ｍ）、ほとんど落差がなくなったり（0・2～0・3ｍ）で変化があって楽しいんだ。落下衝撃なんてむつかしい言葉をつかって、僕たちがゲートを降りる時に、脳しんとうを起こしてそのまま死んでしまうと心配してくれる一部の人がいるみたいだけど、そんなことは人間さまの浅はかな頭で考えることであって、水の中はすべり台ができていてとっても気持ちがいいんだ。僕たちのような小さな生き物は、人間さまのような大きな生き物と違って、水の中では重力の影響はあまり大きくなく、そのかわり水の粘りに動きが少し支配されて宇宙遊泳というか月面ジャンプといったところかなあ。水の中にいる限りは、まったく脳しんとうなんて関係ないね。

木曾川からやって来た友達のアユたちが言ってるよ。木曾川大堰の方が３ｍ以上のすべり台で、あっちの方がずっと楽しいって。

ところで去年の10月、11月は雨らしい雨がなくて、アユの産卵環境としてはよいとは言えず、伊勢湾まで下った僕たちの兄弟は例年に比べて少ないね。産卵した卵の数も少なかったけど、流量の変動がほとんどなく川底の砂利がきれいにならなかったので、うまく着床や発眼・ふ化しなかった卵も多かったかなあ。一昨年は、逆に伊勢湾に下った数は多かったんだが、伊勢湾の水温が最初少し高かったのが影響してか、また春には川の水が冷たかったりで、海で多くの仲間が死んでいったんだ。去年は、最初に川で多くの仲間が死んでいるんだ。多くの兄弟たちの死で今僕たちが生かされているんだよ。

今シーズンは、川も海も適当に冷たく今のところ、仲間たちは元気にたくましく大きくなっているよ。

僕たちが思っていることをアマゴさんがほとんど話してくれたので、僕たちは最後に、宇宙飛行士の毛利衛《もうりまもる》さんやものすごい勉強家の立花隆さんたちの言葉を皆様にお送りします。じゃ、４月に観察窓でお会いしましょう。バイバイ…。

生命というものは、いつも環境に対してギリギリのところまで挑戦して、自分自身を変え、そして生き残ってきたということがあるんです。

（中略）

そういう事が、あらゆる時代、あらゆる生物についてあるんです。なぜかわからないんですが、生命体というのは、つねに自分を変え、過酷な環境、未知の環境へ出ていこうという基本的な性格を持っているようなんですね。そしてさまざまな環境の中で多様性を獲得し、遺伝子を次の代に伝え、生き延びてきた。それが地球生命の40億年の歴史だったと思うんです。

毛利衛の発言『宇宙を語る――立花隆・対話篇』（書籍情報社、１９９５年）

人でも生物でも、自分が知っている世界だけが世界のすべてだと思ってしまう。自分に見える世界だけが世界のすべてだと思ってしまう。知らないものを「ない」

といい、見えないものを「ない」といってしまう。正しくは「ない」ではなく「私は知らない」または「私には見えない」というべきである。（中略）

健全な立場は、不可知論に立つことである。わからないことはわからないとすることである。わからないことについては判断中止（エポケー）をすることである。

『死ぬのが生物の仕事』

エラズムス・ダーウィン（あのダーウィンのおじいさん）

立花隆『生、死、神秘体験――立花隆対話篇』（書籍情報社、1994年）

生命はもともとカオス（混沌）から生まれてきた。生物というのは、カオス状態に置かれてはじめて、本来の能力を発揮するようにプログラムされている。変化が起こった瞬間こそ、潜在能力を生み出すチャンス。

変化を嫌うかぎり、生命、身体に眠っている〝天才〟は目覚めない。

頭脳を過信している人間だけは、変化を嫌い、なんとか現状維持できないものかを考える。目の前の現実を認めず昨日までの幻に何とかしがみつこうとする。

西野皓三《こうぞう》『細胞《からだ》で考える』（ザ・マサダ、2000年）

観察窓の中をのぞいていたらアマゴさんとアユさんから、以上のようなメッセージを受信したのだが、なにぶん「さかな言葉」だったので、少し聞き間違ったところもあるかもしれんが、いずれにしろ楽しい雪の河口堰の瞬時のできごとじゃった。

平成８年１月31日

南方賢治*

＊南方賢治……尊敬する南方熊楠と宮沢賢治の両者から姓と名をとった当時の筆者のペンネーム

4．川漁師・大橋亮一さんとの出逢い

前述したテレビ取材や事業反対の旗頭であったA女史提案による「建設省との対話」なる公開ステージに引っ張り出されるなど少ししんどい「長良川河口堰のモニタリング担当」という仕事の中で、愉しい想い出は、長良川の有名な川漁師の「大橋亮一さん兄

弟」と親しくさせていただいたことである。

もの心ついた頃から川遊びに没頭し、社会人になってからはアユ釣りが一番の趣味となり、また生まれ故郷の和歌山日置川で母方の叔父が川漁師をしていたこともあり、大橋亮一さん兄弟に初めてお会いするなり、失礼ながらなんの遠慮もすることなく、意気投合したと言った感じだった。お会いして以来、机上仕事の合間には長良川に出向き、サツキマス漁の舟に乗せてもらい、とろ流し網にかかった銀鱗《ぎんりん》を見たときの感動や、獲り立てのサツキマスを滋賀大津への土産にもらって帰った楽しい想い出が蘇ってくる。圧巻は、ふとしたアユ談義がきっかけで、大橋さん操る舟上からY氏と一緒にアユの友釣りをさせてもらったことである。舟底に大橋さんが手配してくれたおとりアユを入れての舟上からの友釣りは、最初で最後かと思う。二人が長竿を持った狭い舟中では竿の操作が少し難しかったがこれまた忘れられない愉しい体験であった。

ところで、大橋さん兄弟のサツキマス漁を見せてもらった時に、漁の風景を詠んだ俳句まがいを作ったことへのぼんやりした記憶があったので、本文を書く手を止めて、昨晩古いフロッピーディスクを入れたケースを引っ張り出してきた。巧く再生できないフロッピーもある中、何枚か試していると「大橋さんとの対話」のタイトルの一太郎文章が、ついに出てきて「あった」と思わず叫んだ。そこには、すっかり忘れていた大橋さん兄弟との船上での対話メモがあり、それを23年ぶりに読んでまたまた大感動であった。以下が、平成９年のサツキマス漁の舟に乗せてもらった時の大橋さん兄弟との対話である。

大橋亮一さん（兄）

サツキマスは子供の稚鮎《ちあゆ》と違って、海で苦労して遡ってきて知恵がついている超エリートだから、河口堰のゲートはそんなに上らないと思っていた。彼らは深いところを遡ってくるし、機械音がすればすぐ逃げる極めて用心深い魚である。しかし、去年、今年の漁獲量をみると、ゲートが降りる前と変わらないぐらい上ることがわかった。ゲート本格運用の去年は型も大きく豊漁だった。これは少し予想がはずれたが、良い方にはずれてよかった。ただし、のぼってくるのは以前に比べて遅れている。やはりゲートがあると戸惑うのだと思う。まあ、少し遅れても来てくれれば、それでいいんだけれど。

堰の影響はまったくないとは言わないが、公団のゲート操作の努力もあり、サツキマス、鮎については、あんまり影響がないことがわかった。稚鮎は今年もたくさん来てるね。

大橋　修さん（弟）

今朝がたの雷はすごかった。こんな雨をこの辺の言い方で地降《じぶ》りと言い、降った雨が支川《しせん》からすぐ出てくる。この時期、地降りの時は田んぼの肥料なんかがすぐ出てきて川が汚くて。しばらくは駄目やね。川が澄んでくるまではサツキマスはどこかでじっとして動かないのや、川が変に臭うやろね。

ところで、わしらは去年はもうあかんと思った。サツキマス漁最後の年と思っていた。それが、河口堰でうまく操作してくれてほんまに感謝しております。ずっとやってきた漁ができなくなることほど辛く、寂しいことはないからね。ありがたいことです。まあ、よろしく頼みます。

原　稔明

平成7年から今年平成9年までの河口堰のモニタリング調査によって、河口堰に設置している呼び水式魚道、ロック式魚道さらにせせらぎ魚道等の最新式魚道が、順調に機能していることを確認しています。

さらに、全門に最新の二段ゲートを採用することによって、大潮、小潮に対応して堰の上下流の水位の差が小さくなる時間帯をできる限り長くする操作に努めています。

去年、今年とサツキマスが遅れてきたのは、大橋さんの言われるのが正しいのかもしれませんが、もう少し様子を見てみたいと思っております。

長良川で約50年、川漁師一筋の大橋さん兄弟に河口堰の魚道の機能や日々のゲート操作の努力をご理解いただき、さらに魚にとって河口堰の影響が極力緩和されていることにご理解いただけたことに大変感謝しております。

そして、何よりも大橋さん兄弟に堰運用の前からこうやって漁獲量調査に協力していただいたことで、世間一般の人々にも正しくわかってもらえたと感謝しております。引き続き、さらにより最適な操作等に努力していきたいと考えております。

昨年今年とこうやって何回か舟に乗せてもらい、魚の好きな私にとりましてはお陰様で素晴らしい思い出ができました。来年以降も5月には、また舟に乗せていただきたいと思います。ほんとにありがとうございました。

瀞《とろ》流し　網跳ね上げる　サツキマス

地ぶり雨　川澄む時待つや　サツキマス

槙《まき》の木の　舟の感触　忘られじ　川面に跳ねる　サツキマスかな

平成9年6月　長良川の大橋さんの舟上にて

大橋亮一さんの舟にて（1997年5月22日）

大橋修さんの舟にて（1997年6月6日）

大橋亮一さんと右手にサツキマスを持つ筆者

「この舟は槙の木でできてるんや。槙の木は水に強く長良川の鵜飼い舟も槙の木で作っとる。一昔前の長良川やアユはこうやなかったんやよ。長良川はすっかり変わってしもうた。サツキマス漁はこんなことなかったやぜ」等々、そして「原しゃん……」という大橋節が耳から離れない。

その大橋亮一さんが急逝しての葬儀に参列したのが昨年の1月27日であった。ちょうど1年になる。葬儀に参列する前に、古い写真が入った引き出しから出てきたのが掲載した写真である。改めて大橋亮一さんに感謝するとともにご冥福をお祈りする。

サツキマス（1996年5月15日）

5．若鮎の二手になりて上りけり

「若鮎の二手になりて上りけり」なるこの句は、正岡子規《まさおかしき》の作で当時長良川河口堰業務にて鮎やサツキマスの遡上調査に没頭している時に、ふとしたことから初めて出会った名句である。

鮎に限らず、一般に河川を遡上する魚たちは、鳥類などの天敵から身を守るために自然石や水草の多い隠れやすい河川の左右岸を遡上する。

魚たちの遡上行動は、ミニスケールの流れ場としての魚道を遡上する場合も同じことであり、魚道の設計はこの魚の習性を考慮して水の流れ、いわゆる「呼び水」と魚道の入り口、出口の構造を設計しなればならない。この句を初めて知ったときは、河川の左右岸を元気に遡上するアユの姿を詠んだものと思い込み、わずか17文字に「魚道設計の極意を言い得て妙」と感心したものである。

ところが、この句は正岡子規が故郷の愛媛県を流れる重信《しげのぶ》川と石手《いして》川の合流点の出会い橋付近で詠んだと後で知った。この句の二手は、重信川と石手川だったのである。さすがの子規もアユの遡上習性までには思いが及ばなかったのであろう。いずれにしても、その後の私の我流の拙い句を創り始めるきっかけとなった忘れられない名句には違いないのである。

毎年4月~5月の鮎の遡上期が来るとこの句を口ずさみ、鮎の友釣り解禁が近いことに胸躍らせている。

平成８年、９年当時に詠んだ私の拙い句と長良川河口堰に設置された階段式呼び水魚道の観察窓やせせらぎ魚道を遡上する鮎とサツキマスの状況写真を次ページに示す。なお、平成９年（１９９７年）はヘール・ボップ彗星が地球に接近した年であり、この年の春は約３ヶ月にわたって肉眼で彗星を楽に見える状態が続いた。

若鮎の 窓一杯に 銀の群れ
若鮎の せせらぎ黒く 遡りけり
サツキマス 日の出とともに 上りけり
満ち潮に 隠れて上る 五月マス
若鮎と 川面に映る 彗星《ほうきぼし》 共に宇宙の 水の理不思議

私が最初に「二手になりて上りけり」を実感したのは、冒頭で述べた海山町相賀の小川での鮒取りの際に、小エビ取りなどで使う小さなカスミ網を小川の岸寄りの最深部に沈めて、小石を投げて魚を驚かせた時の慌てて岸寄りの最深部を逃げる魚の習性を利用して見事にキャッチした時である。カスミ網に鮒が掛かった手応えが60年の時を超えて蘇ってくるから不思議である。

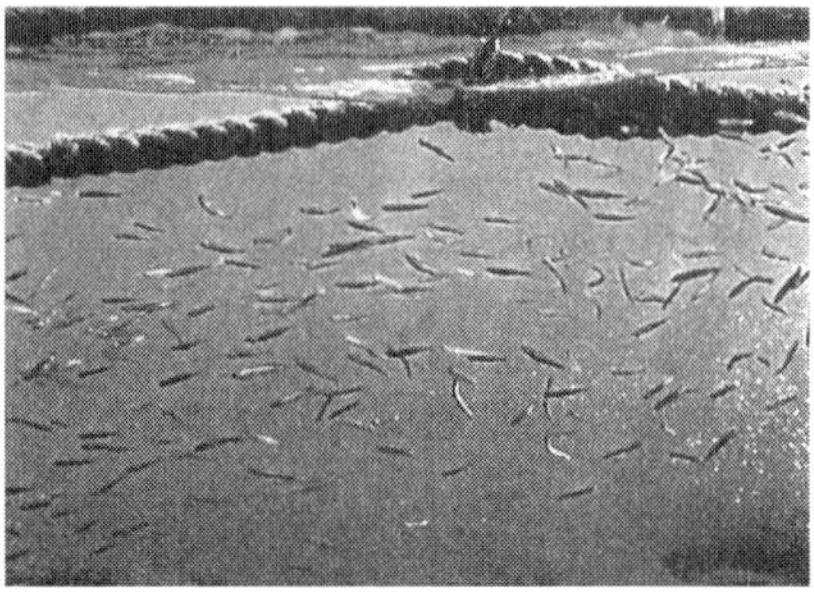

観察窓に現れた鮎の群れ（1996年４月18日）

せせらぎ魚道を遡上する大魚サツキマス
（1996年５月20日）

6．1995・1996 海外出張雑感

１９９６年６月11～15日に、カナダのケベック（Quebec）市において国際水理学会[Inter-national Association for Hydraulic Research（ＬＡＨＲ）]の国際シンポジウムが「エ

コハイドロリックス（Ecohydraulics）２０００」の名称で開催され、私が「長良川河口堰のせせらぎ魚道」と題しての発表参加の機会を得た。

ケベックという名称は、ケベック市がセントローレンス川の河峡に位置するところから、狭い通路を意味するインディアン語に由来したものであり、白人が建設したカナダ最古の都市である。17世紀から18世紀にかけて、この地はイギリスとフランスそしてインディアンとの戦いの繰り返しであった。この時期は奇しくもデカルト、ニュートンの近代科学の幕明けの時である。

日本の稚内市より少し北に位置するケベックでの滞在は、1週間たらずではあったが、着いた日は春であったのが去る日はもはや夏といった感じで、急激な季節の変わり目に訪れたようである。今年の日本の春がいわゆる花冷えで寒い日が多かったように、カナダのケベックの地も例年に比べて春の訪れが遅かったとのことである。待ちに待った短い夏の一時を大切にしているのであろう。メインストリート沿いに軒を連ねるレストランの屋外のテーブルには、昼夜分かたず多くの男女が集い、夜は日が替わるのも忘れたようにグラス片手の人々で賑わっている。よくも、こんなに食べれるものかと思うほどの旺盛《おうせい》な食欲である。ケベックの地はその歴史に由来して、タクシーの運転手の中には英語が通じない人もいて、まさにフランス文化圏である。

ケベックのもう一つの印象は「一見素晴らしい夜景」なのではあるが、ネオンサインがそれほどあるわけでなく、つける必要もないところも一晩中電気をつけっぱなしで、まさにエネルギー使い捨ての感を禁じ得なかった。水力発電による電気が余っているのだろうか。日本も使い捨て文明の最たる国であり、カナダのことをとやかく言う立場にないのであるが、エネルギーの浪費がやたら気になったのは、前年の１９９５年にＪＩＣＡの業務で訪れたネパールのエネルギー事情と対比したためである。３月の乾期のネパールは、物不足、水不足、電力不足で停電、断水が常であり、大きなホテルでは自家発電装置と給水タンクを必ず有していた。

一方、同じく1週間たらずのネパール訪問では、ヒンズー教と仏教の祈りの世界を、50年近く昔の日本の風景といわれている私も子供の頃過ごした里山の風景を、世界最貧国の一つと言われていながら果物や野菜が豊富な市場を、聖なるガンジス川の上流支川のカトマンズを流れるバグマティ川の川岸で執り行われる火葬の儀式とその灰を川に流す風景を、少し汚れているかなと思われる制服を着てはいるが、その瞳や肌はイキイキと輝いている子供たちを、そしてあの〝神々の棲《す》む〟といわれているヒマラヤの峰々を観て、強烈な印象を覚えた。

「何もかもがごちゃごちゃに混在する」ネパールに、みえるものの裏側にある多くの〝みえない心〟を感じた。一方、カナダに観たものは、巨大な貨物船が往来する海のごとくのセントローレンス川と昼夜に食べてばかりのケベックの市民とその夜景であったのは少々悲しいカナダ紀行である。カナダにもきっとイヌイットやインディアンたち先住民が残している〝心打つ知恵〟と〝壮大な自然〟があるはずである。帰国後、以下のようなインディアンの素晴らしい「言葉」に出会った。次回のカナダ訪問を楽しみとしたい。

「いのちとは何か　それは、夜を照らす蛍のきらめき　凍てつく冬の空気に野牛の吐く息　草の上に落ちつかない姿を映しながら　日没とともに消えていく、ちっぽけな影」

ブラックフット族の首長、クロウフット（１８２１〜１８９０）

「おまえはきく　冬はなぜ必要なの？　するとわたしは答えるだろう　新しい芽を生み出すためさと。おまえがまたきく　夏が終わらなきゃならないわけは？と　わたしは答える　葉っぱどもがみな死んでいけるようにさ。」

「わたしたちは、みんな一緒に同じ空気を吸っている　獣も、樹木も、鳥も、人も」

宗教学者の中沢新一氏は、ネイティブ・アメリカンの哲学は我々を未来で待ち受けているると言っている。

17世紀のルネ・デカルトの「物心二元論」に始まるデカルト・ニュートン以来の近代科学つまり西洋文明を象徴しそれぞれの顔をもつフランス、英国、米国、そしてカナダを、片やヒンズー教と仏教の共在する東洋文明を象徴するネパールを相次いで訪問できたことは、生命、環境、科学、文化等を考えるには、もってこいの旅であった。

「旅先というのは、なにか不思議と懐かしい風景に出会うことがままあると思う……人が旅するときには、その土地から呼ばれて行くことがあると思うんですが……」と「地球交響曲」のナレーターをした俳優の榎木《えのき》孝明氏が言っている。筆者のネパールへの旅こそは、まさにこのとおりであったような気がしている。

ところで、近代から20世紀までは、機械的世界観と要素還元主義を両輪とした「機械論パラダイム」であったのに対して、21世紀においては、生命的世界観と全包括主義（ホーリズム）を両輪とする「生命論パラダイム」が大きな潮流になると多くの人々によって予感されているようである。

このことは、私たちが対象とする地球水環境、そして具体的行為としての水を扱う土木事業やマネージメントについても生命、多様性、循環をキーワードとする生命的世界観、別の言い方をすれば「東洋思想」とホーリズムつまり学際的研究を目指した最先端の「科学技術」を統合したものが今求められていると言えるのではないだろうか。先般のエコハイドロリックス２０００では、私には生息環境モデルとかシミュレーションという言葉が目についた。何のために生物を大切にするのか、また、生息環境の客観的価値や効用に関するデータさらに生物の場と物理化学の場の両者の相互関係等についての主張が伝わってこなかった。この点は、私の語学力の不足を棚に上げての間違った理解の可能性が高いことを断っておかなければならない。

さて、東洋思想の一つである仏教の一宗派である華厳経では、世界には「事の世界」と「理の世界」があり、事と理が一体となって一つの宇宙を創っているといっている。「事の世界がみえる世界」であり「理の世界がみえない世界」であるという一つの解釈がある。〝水の理の世界〟を究めるのが〝水理学〟と勝手に解釈するならば、これまでは水についてほんの一部分のみえる世界しか知りえているに過ぎない。つまり、これからは〝生命と水とのみえない世界〟の関わりを学ぶのが、エコハイドロリックス―生命水理学と考えたい。現在行われている日本はもちろん世界に例をみない長良川河口堰のモニタリングは、生命水理学にとって極めて貴重なデータが蓄積されつつあると言ってよい。

独自な「南方学」という学問的宇宙を作りあげた博物学の巨人・南方熊楠は次のように言っている。

「不思議ということあり。事不思議あり。物不思議あり。心不思議あり。……物心事の上に理不思議がある。……」

物、心、事に関してすらまだまだわかっていないのが現代の科学である。〃理〃の領域に到達するのは至難といえるだろう。その至難の領域を目指して、一日も早く東洋の地で「エコハイドロリックス―21世紀」が開催されんことを願う次第である。

最後に、2年続けて海外出張の貴重な機会を与えてくださった関係者の皆様に深く感謝申しあげます。

1996年(平成8)年6月

水資源開発公団中部支社

原　稔明

第4章

「飢餓（断食）」にみる生命現象のアナロジー

1. 大隅良典博士による「オートファジー」現象

2016年のノーベル生理学・医学賞は、細胞が自らたんぱく質などを分解して再利用する「オートファジー(自食作用)」と呼ばれる現象を分子レベルで解明した東京工業大学栄誉教授の大隅良典氏が受賞された。

名称のオートファジー(autophagy)は、ギリシャ語の「自分(オート)」と「食べる(ファジー)」を組み合わせた造語とのことである。

オートファジーの働きによって、たんぱく質はアミノ酸というエネルギー源になったり、たんぱく質生成の材料に変化したりする。また、不要となった物質や病原体も分解することで生命活動を維持している。

オートファジーは栄養飢餓時に特に激しくおこり、食事から栄養がとれないときにオートファジーが起きると、細胞内に常に存在しているたんぱく質の一部が分解されて、ペプチドやアミノ酸が生成され、それが細胞の生命活動にとって、より重要性の高いたんぱく質を合成する材料に充てられていると考えられている。

今回の大隅博士のノーベル賞受賞の対象となった前記の「オートファジーは栄養飢餓時に特に激しくおこり」と言うことを初めて知った時に思い起こした事象が、私がダム技術者として行ったコンクリート配合試験から体得した「ＲＣＤ用コンクリートは、飢餓コンクリート！」というフレーズである。以前に飢餓に関連してまとめていた４事例を以下に紹介する。

2. クローン羊・ドリーの誕生

乳腺細胞から、クローン羊をつくったとき、細胞に送る栄養濃度を20分の１（飢餓状態にしたのと同じ）に減らして培養したら、細胞の全能性が復活し、それがやがて１匹の羊になったとのこと。このことは乳腺細胞の中で眠っていた遺伝子が起こされたということであり、我々が断食する場合（飢餓状態）にも、オフになっている遺伝子をオンにする可能性があるということである。断食をすると、体質がガラッと変わったり、難治の病気が治ったりするのは遺伝子治療と同じようなことが行われていると考えられる。たしかに動物界では、例えば、さなぎの状態で断食（飢餓状態）を経て蝶に変身するし、おたまじゃくしからカエルに変身する時は、その間はエネルギー源が遮断されていて、つまり断食している状況とのことである。

飢餓状態（断食）には変身する力があるというのは、眠っていた遺伝子にスイッチが入るからではないだろうか。

3．9日間の断食修行の四無行

引用書籍『人生生涯小僧のこころ――大峯《おおみね》千日回峰行者《かいほうぎょうじゃ》が超人的修行の末につかんだ世界』塩沼亮潤《りょうじゅん》著（致知出版社、2008年）

新たな目標、四無行に向けて

千日回峰行が終わった次の瞬間に、頭の中の目標は一年後の九月二十八日から十月六日にかけて行う四無行に切り替わりました。四無行とは九日の間、「断食、断水、不眠、不臥」つまり「食わず、飲まず、寝ず、横に成らず」を続ける行です。…（中略）…四無行は非常に危険な行です。一歩間違えば死です。生きて行を成就する確率は五十パーセントと言われております。

断水の苦しみ

「断食、断水、不眠、不臥」のうちどれが一番辛かったですか、という質問をよく受けます。これははっきりしています。一番辛かったのは水が飲めないことでした。断水には何とも言いようのない苦しみを感じました。喉が渇いて渇いて仕方がありませんでした。しかし、いくら喉が渇いても、いくら暑くても、水一滴飲むことは許されません。このときは水が飲めないことがこんなに苦しいものかと骨身にしみて思い知らされました。

食べないというのは一番楽でした。食事の調整が非常に上手くいき、食べないという苦痛は九日間まったくございませんでした。すでに行に入る三日前からほぼ断食状態になっていましたので、それがかえって自分の体には良かったのだと思います。

眠いのも最初のうちは辛かったのですが、三日を過ぎると睡魔は襲ってこなくなりました。ただ、午前零時からお天道様が東の空からの昇ってくるまでの間だけは、言うに言えないほどの体が重くなって大変な苦しみを味わいました。体は夜寝るようにできているんだなぁということを、行の中でつくづく知りました。不臥、横にならないということはさほど苦痛ではありませんでした。…(中略)…しかし、最後の最後まで我慢できず非常に苦しかったのは、たった一杯のお水も飲めないということでした。水というものがどれほど人間にとって大事なものかということを深く強く感じずにはおれませんでした。一杯の水を飲むことができたらどれだけ体が楽になるだろう、と心の底から思いました。

4．RCD用コンクリートは、飢餓コンクリート！

一般に土木構造物や建築構造物に使用されるコンクリートは、セメントと砂と砂利そして水を混合して作り、セメントと水の化学反応により固結後に強度発現して堅固な構造物なる。コンクリート1立方メートル当たりのセメント量(結合材 C＋F)は、300

kgから多いときには６００kg、使用する水も1立方メートル当たり２００〜３００kgと多い。これに対して、ダムコンクリートは数十万立方メートル、時には数百万立方メートルの大量のコンクリートを使用して巨大構造物を建設する。そのため、単価の高いセメント量を極力少なくする配合設計を行い、これを専門用語で貧配合コンクリートと称している。

ダム構造物の体積の大部分を占めるコンクリートは、内部コンクリートと呼ばれており、一般に見受けられる内部振動機で締め固める比較的柔らかい有スランプコンクリートと振動ローラでコンクリート表面から締め固めるＲＣＤ用コンクリートに大別される。

以下に、ＲＣＤ用コンクリートの特徴について概略記述する。

①セメント量（結合材Ｃ＋Ｆ）が極めて少ない超貧配合の飢餓コンクリートである。

コンクリート1立方メートル当たりのセメント量（結合材Ｃ＋Ｆ）が、従来のダムの内部コンクリート１４０kg程度からさらに20kg程度少ない１２０kgと極端に少ない、超貧配合（飢餓）コンクリートとして開発されたものである。飢餓コンクリートであるが、思わぬ強度発現を発揮する。

②水量が極めて少ないコンクリートである。

コンクリート1立方メートル当たりの単位水量も従来の内部コンクリートに比べて20kg程度少ないコンクリートである。施工可能な範囲内でできる限り単位水量を少なくするのが配合設計の極意である。水量を少なくできた結果、水セメント比則により、従来の内部コンクリート（有スランプ）より一般に発現強度が大きくなる場合もある。

③大器晩成型コンクリートである（じっくりと長期的に強度が大きくなる）

ＲＣＤ用コンクリートを含めたフライアッシュという混和剤を含有したダムコンクリートは、非常に少ないセメント量（結合材Ｃ＋Ｆ）のもとでポゾラン反応によって、ゆったり時間をかけてじっくり養生すれば、２年、３年、５年と長期的な強度発現が期待できる。貧配合、超貧配合のダムコンクリートは長期に成長し続ける、素晴らしい生き物である。

飢餓コンクリート　眠れる遺伝子　スウィッチオン

未知なる力に　驚かされる

5. 断食（飢餓）の効能（自然治癒力・免疫力を高める・体質を変える）

断食には、人間が本来持っている病気に対抗する力、予防する力（免疫力）、病気や症状を治す力（自然治癒力）を高め、体質を変えてゆく効能があると言われている。

断食を行うと、栄養が断たれるので、体には飢餓状態という大きなストレスがかかる。そのまま放置したら死ぬかもしれないという危険状態に対して体は、生命を守ろうとして必死になる。飢餓状態というストレスに対する反発力が、自然治癒力や免疫力を誘発し、さまざまな病気・症状を治す力や体質・性質を変換する力となる。

【スタミナがつく】

断食を行った後、少食の生活を行うと、スタミナが落ちるように思われる、実はスタミナがつき、睡眠時間が少なくなる・頭がさえてくる・長時間仕事をしても疲れなくなるなどの効果が現れるといわれている。

【活性酸素を減らす】

最近では、活性酸素の研究が進み、活性酸素が私たちの臓器や組織に障害を与え、ガンや動脈硬化などがいろいろな病気を引き起こすということ。半日断食（朝食抜きの1日2食）を行なうと、1日の酸素消費量が13％も減るというデータがあるようで、それだけ活性酸素の産出量も減るということのようである。

【遺伝子を活性化する】

最近、特に注目されるのは「断食すると眠っている遺伝子を起こすことができる」ということである。現代の最先端医療といえば、遺伝子治療ですが、遺伝子治療で期待するのと同じ効果が、断食によって可能になると考えられている。

6．コンクリートはまだまだ未知の分野だ

近年、オートファジーがヒトのガンや老化の抑制にも関係していることが判明してきているとのことだが、このことは疾患の原因解明や治療などの医学的な研究につなげた大隅博士の功績が高く評価されたものと思われる。

私は、今回の大隅博士のノーベル賞受賞を契機にオートファジー現象なるものを初めて知った。この分野においてまったく知識を持ち合わせない私の独断的仮説であるが、塩沼亮潤氏の断食修行としての四無行において、「食べないというのは一番楽でした」との発言の根拠として、亮潤修行僧の体内細胞の中でまさに「オートファジー」現象によるエネルギー源が再生されていたという証しと言えないだろうか。

また、数々の断食の効能として「眠っている遺伝子を呼び起こすことができる」と言う抽象的表現は、「科学的事実としてオートファジー現象が起こった」と言い換えられるのではないかと思った次第である。科学的根拠のない直観的発想をご容赦いただきたい。

ところで、私がコンクリートダムの建設に携わるにあたり、ダムコンクリート、特に先に述べたＲＣＤ用コンクリートについて数々の試験研究を行う過程で感じたことを述べる。大学時代は水理学研究室に属しており、当時からコンクリート工学はすでに終わった学問分野と勝手に思い込んでいた。しかしながら、水資源開発公団が施工する布目ダム建設工事において、ＲＣＤ用コンクリートを含むダムコンクリートの貧配合設計に挑戦する中、「コンクリートはまだまだ未知の分野だ」と新たな気づきを与えられた。

コンクリート工学に関する知識がまったく白紙、つまり飢餓状態にて新たなダムコンクリートの配合設計に取り組んだ結果、驚くべきかつ新鮮な技術的・工学的知識を体得することで土木技術者として極めて達成感のある仕事に巡り会えたと回想している。

２０１６年10月６日

第5章

真の琵琶湖淀川流域共同体を目指して

1.「百姓」西邑孝太郎さんにお会いして

滋賀県東浅井《ひがしあざい》郡びわ町錦織《にしこおり》〈現、長浜市錦織町〉にお住いの西邑《にしむら》孝太郎氏から肩書きに「百姓」とある名刺をいただいたときの感激は今でも鮮明に覚えている。

丹生《にゅう》ダムに赴任して数か月後の平成15年2月に「高時《たかとき》川の出水と水防活動」と題して職員にご講演いただくということで、所長室にての初対面時にいただいたのが上記の名刺である。これまでに多くの方々との出会いで数々の名刺をいただいたが、「百姓」と

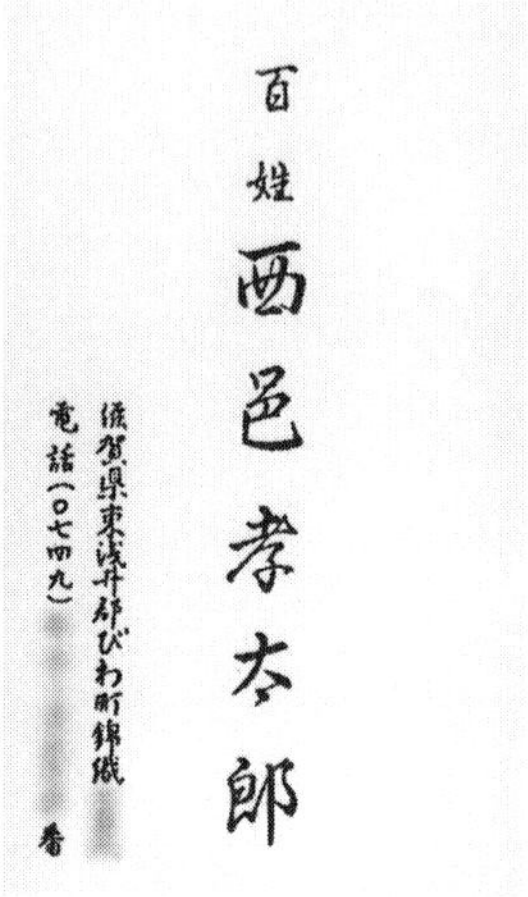

西邑さんの名刺

肩書きを書かれた名刺は初めてであった。

謙虚で腰の低い立ち居振る舞いの西邑さんは、すでに80歳を超えておられるとのことでしたが、当日は講演ということもありネクタイをされ、背筋まっすぐその言動からして70歳前後にしか見えない矍鑠《かくしゃく》としたお姿であっ

た。

「昭和50年8月の台風6号襲来時、今にも破堤寸前の高時川のその瞬間に、命を賭けて水防活動をされた人々のまっただ中におられた方」と、ご講演の中でうかがった。当時の状況を撮影したのが左上の写真である。

また左中段の写真は、西邑さん作の水防装置である「シガラ・イノコ」を、後日丹生ダム事務所に寄贈してもらったときの模様である。さらに下の写真は、淀川水系流域委

昭和50年8月台風6号の水防活動
（中央の白いシャツの方が西邑孝太郎氏）

シガラ・イノコの寄贈状況
（平成15年3月丹生ダム建設所）

右より3人目が西邑孝太郎氏、その左隣が筆者

員会の現地視察時に委員の方々に高時川の状況を説明する西邑さんである。

時には命を賭けてあらゆる経験をされてきた人の言葉にどこか自信に満ちた偉大さとともに、小生などはとても足元にも及ばないちっぽけな存在であることを感じさせられた。「この名刺をつくられたこの方はすごい」という感動のお出会いでした。

先の戦争では中国に渡り、飢えを忍んでの筆舌《ひつぜつ》に尽くしがたい経験もされ、運にも助けられて命からがら帰国したことも後にお聞きした。

ところで、百姓とは「①一般の人民。公民　②農民　③いなか者をののしって言う語」と広辞苑にあるが、文字どおり「百の姓」つまり「あらゆることができる多様な能力を持つ人のこと」と私は理解する。「農民」とは、もともと生きていくためにあらゆることができた人、できる人だったはずである。

子供の頃から便利な都市生活に浸り、自ら衣食住に関する基本的な経験が少なくなってしまった私たち都市に住む者は、昔ならば田舎、農家生活の中でごくごく普通の人が有していた身体能力のかなりの部分を失い、もはや自然の中で自立できなくなってきている。つまり、「農作業ができない」「木、森の手入れができない」「食料を作り出せない」「わらじも作れない」「服も縫えない」「家を作るどころか家の修理すらできない」「大工仕事ができない」、ましてや「いざという時、火災、風水害時の消防、水防救難活動は到底できない」という状況になってきている。

裏返して言えば、自らの衣を作り、土をいじり、水をやることで食料を作り、そして土を築いて木を構えることに、大雨にも負けず、日やけ（渇水）にも負けず、大雪にも負けず３６５日の日常生活において日々自立していた人を百姓といっていたわけである。

私たち、とくに21世紀を担う子供たちが、今すぐには百姓に戻れなくともある程度は自立できる〝百姓〟に戻る準備を、家庭で学校でそして社会をあげて少し時間をかけて進めていかなければならないことを西邑さんにお会いして感じた。

さらにまた、高時川流域に生活する西邑孝太郎さんをはじめとする多くの地元の方々とお会いして、皆さんの体験談を聞くにつれ、流域の自然、歴史、地理、水文化そして高時川を身体と脳と遺伝子で知り尽くした総合的、直感的な智恵を有している地元の方々の「真に迫る声」ほど、心に響くものはないことをも痛感させられた。

淀川水系河川整備計画の作成に向けて近畿地方整備局が実施した「丹生ダム対話討論会」、滋賀県主催の「川づくり会議」等を通して、またフェイス　ツウ　フェイスで杯を交わしながら地元の人々の体験からのお話を聞くたびに、私自ら〝真実を知った喜びと感動〟をあじわった。

とりわけ「百姓　西邑孝太郎さん」との出会いが、しばらく忘れていた〝自ら身体能力の遺伝子がオフ状態である欠損人間である〟ことを思い起こしたのである。

2. 大衆の側に身を置いた「河川整備計画」を

司馬遼太郎の没後10年特別企画として刊行された『司馬遼太郎　ふたたび　文藝春秋特別版　平成16年2月臨時増刊号』（文藝春秋、2006年）の中で、養老孟司氏は「無思想と「かたち」」と題して次のように言っている。

非常にはっきりしているのは、司馬遼太郎は思想と大衆をはっきりと分けているということ。そういう人は他にもいて、大宅壮一がそうですね。『「無思想人」宣言』では、それまで思想を論じていながら最後に突然「自分は大衆を信頼する」と宣言する。ふたりとも自分を大衆の側に置いているんです。……（中略）……

我々の意識には二つの面があって、一つは感覚、もうひとつが概念なんですね。

感覚と概念の違いは何かというと、たとえばここに椅子が八脚あった場合、感覚はそれぞれ違うものとして認識し、概念は「椅子」というひとつの物として認識しようとする。文明化してくると感覚の世界が縮小して、概念の世界が大きくなっていきます。……（中略）……

司馬さんが「かたち」といって描こうとしていたのは、日本人が感性としてとらえた生き方、ひとり一人の人生の複雑さを包み込む「かたち」だったんじゃないかと思います。

次に、ソニーのロボット犬「ＡＩＢＯ（アイボ）」の開発責任者を務めた土井利忠《としただ》氏が、ペンネームの天外伺朗《てんげしろう》で書いた『運命の法則』（飛鳥新社、２００４年）という本に次のような記述がある。

　論理や言語で記述できることは、ものごとのほんの表層のみ。宇宙のはかり知れない深層部に触れるには、合理的な思考よりもむしろ直感が必要。ただし直感を使うためには、心が純粋な状態でなければならない。宇宙の深層部の流れを大切にすることが21世紀の経営には必要。そのためには、理性による論理回路をオフにし、直感の回路をオンにする必要がある。

また、数学者・エッセイストの藤原正彦氏は『国家の品格』（新潮新書、２００５年）の中で、次のように書いています。

どんな論理であれ、論理的に正しいからといってそれを徹底していくと、人間社会はほぼ破綻に至ります。情緒と形は、日本に限定すべきものではありません。美しい情緒や形には、世界に通用する普遍性があるのです。なぜにこの美しい情緒や形というものが大事なのか。

また別の著書『祖国とは国語』（新潮文庫、２００５年）の中で、「論理は十全な情緒があってはじめて有効となる」と述べている。

さらに、私どもダム技術者、農業土木技術者の大先輩でもあり昨年の文化勲章受章者で京都大学元総長の沢田敏男先生は、「理性と感性の融合—美しいダムと水環境づくり—」と題しての言の中で次のように述べておられる。

新しい世紀においては、科学技術面の取り組みだけでなく、もっと芸術等の感性的なものを重視し振興しなければならないと考える。……水利施設としての本来具備すべき機能のほかに、景観上も人びとに心地よい感動を与えることのできるような本当に美しい構造物、つまり理性と感性を融合させたような文化的工作物を創造するように心掛けることが極めて大切なことである。

養老孟司氏や藤原正彦氏、天外伺朗、沢田敏男先生の言葉を長々引用してきたが、近年のマスコミ等の表面的、一面的な見方、報道に反省を促すがごとく、ようやく物事を全体的、本質的視点にて観た論に出会うようになった気がしている。

このように最近多くの識者・オピニオンリーダーの主張の中に、「感性」「感覚」「直感」「情緒」等の言葉がとみに目につくのは私だけではないと思う。

ここで、上記の言葉等を以下のように反対概念と対にしてみた。

感覚と概念　　感性と理性　　情緒と論理　　直感と論理

行と知　　主観と客観　　身体と頭脳　　右脳と左脳

そして　　大衆と思想

さらに我々の水資源開発事業のフィールドを以下のように対にしてみた。

田舎と都市　　上流と下流　　水源地と都市　　滋賀県と大阪

滋賀県と東京　　現場事務所と霞ヶ関

20世紀後半から現在に至るここ約50年は、私たちは「理性」「論理」「客観」「知」「頭脳」といった価値観を知らず知らずのうちに優先、否偏重してきたのではないだろうか。

我が国に古くから言われている「晴耕雨読」、「文武両道」、「知行合一」といった含蓄ある言葉の重みを今一度思い起こす必要がある。自然の中で働き、身体能力を蘇らせたうえで頭脳を鍛えることで身体と頭脳の両者のバランスをとることを多くの先哲が教えてくれていたはずである。

ここ半世紀中に蔓延《まんえん》したいわゆる学歴主義、左脳優先主義のアカデミズム偏重の考え方をいかに早くどこまで捨てられるか。逆に、これから21世紀は、「感性」「感覚」「情緒」「直感」等の価値観をこれまで以上に重視することが求められていると確信する。私たちが使命とする社会資本の整備を実行する上においても、これまで上記のバランスに欠いていたといえるのではないだろうか。妥当投資額論一辺倒の結果、地方を犠牲にした都市圏のインフラ整備の水準の高さを見れば明らかである。

また、淀川水系流域委員会でのここ数年の河川整備計画作成に向けての審議過程も、上記のバランスに欠けた好例といえるのではないだろうか。淀川水系流域委員会が出したこれまでの意見書の内容は、「主として下流、都市の論理からの発想で、地元の感覚、直感を軽視した頭脳偏重からの意見書」と言えなくもない。

武術家の甲野善紀《こうのよしのり》氏は「専門家になればなるほどプロから遠ざかり素人化していない

か」と大変面白い指摘をしておられる。

次に、近畿地方整備局が昨年７月１日に出した丹生ダムの見直し計画について、地元の高時川流域の人々は、水面のないダムつまり高時川流域のために水を貯留しないダム計画に猛反発されている。洪水対策を第一優先とすることには納得するものの、渇水対策容量を琵琶湖に設けることで渇水対策を京阪神の下流地域のみを対象としたことに対して、そして高時川の瀬切れ解消に余呉《よご》湖を通して琵琶湖からのポンプ逆水で手当するという案が、現在行われている余呉湖を使ったポンプ逆水での農業用水確保は、これまでの長い歴史的背景のもとでの苦渋《くじゅう》の選択であったという地元感情からして、今回提示されたさらなる琵琶湖からのポンプ逆水案は到底受け入れられなかったからではないだろうか。

さらに、水面を有するダム湖を背景とした自然公園構想に基づく余呉町の地域振興策が実行に移せないことで、地元の期待が裏切られたとの思いも反発の要因と思われる。

一に洪水対策、二にダム貯留による利水、三に地域振興という〝地元発の論理、大衆の側に身を置いた計画〟という大切な視点を見失ったところに原因があると思わざるをえない。今こそ、司馬遼太郎氏学び、人口の大小ではない限りなく「真の大衆」の側に身を置いた視点に立たなければならない時だと考える。

これからの「淀川水系河川整備計画」作成の本番に向けて、〝大衆の感覚、感性〟が可能な限り取り込まれるべく私たちも今一度努力しなければと考える。また淀川水系流域委員会の新たなる進化をも期待するところである。

「知識人や芸術家は一介の農夫に学ぶべきだ」とトルストイが、「知識人から学んだものより、自分たちが君臨したつもりでいた大衆から学んだものの方がどれほど大きかったかわからない」とドストエフスキーが言っている。

ここ数年の三桁の回数に至る「淀川水系流域委員会とそれに関連する各種部会等」への参加、その過程での西邑孝太郎さんをはじめとする高時川流域の地元の多くの方々と出会いそして対話する中で、トルストイ、ドストエフスキーの奇しくもロシアの両文豪の卓言を改めて思い起こした次第である。


（2006年6月10日）

参考図書等

1.『司馬遼太郎　ふたたび　文藝春秋　特別版　平成16年2月臨時増刊号』文藝春秋（2006年）

2. 天外伺朗『運命の法則』飛鳥新社（２００４年）
3. 藤原正彦『国家の品格』新潮新書（２００５年）
4. 藤原正彦『祖国とは国語』新潮文庫（２００５年）
5. 養老孟司『いちばん大事なこと』集英社新書（２００３年）
6. 養老孟司・甲野善紀『自分の頭と身体で考える』ＰＨＰ研究所（２００２年）
7. 甲野善紀『古武術からの発想』ＰＨＰ文庫（２００３年）
8. 沢田敏夫「理性と感性の融合―美しいダムと水環境づくり―」『大ダム』１４８号（１９９４年）
9. 藤原正彦 対談「土木は日本を美しくするチャンピオン」『ＣＥ建設業界』55巻3号（２００６年）

3. 過去（びわ湖のゆらぎ）に学ぶ ―南郷洗堰１００年―

我々土木技術者（土木屋）は、自然への感謝と畏敬《いけい》の念を忘れることなく現場主義に徹し、いかに長期的・多面的かつ根本的な視点で物事を捉えるかを自問自答しつつ、社会資本の整備を通して地域社会、いわゆる世のため人のために貢献することが使命である。

私自身、平成６年の琵琶湖大渇水時の琵琶湖水位がマイナス１２３cmの琵琶湖を、翌平成７年の直下型地震・阪神淡路大震災をこの目で観るとともに体で感じるという体験を経て、土木屋のはしくれとしてようやく上記境地、特に長期的視点で物事を観ることの大切さを知るに至った。

富山和子氏は、『環境問題はなにか』(PHP新書)の中で、「自分の足元がほんの五十年、百年前、どんな姿だったかを知らないで、どうして二十一世紀が語れますか」と言っておられる。

昨年(2004年、平成16)の多くの台風襲来による洪水災害や新潟中越震災を例に出すまでもなく、我々は常に過去を振り返り危機管理に備えなければならない。ここ滋賀県、琵琶湖の災害を振り返る場合、まず明治29年の未曾有の大洪水がある。

9月7日に実に597㎜、8日に162㎜、9日に81㎜、10日に107㎜、そして9月4日から12日までのわずか9日間で合計1008㎜という強烈な豪雨が彦根にて観測されている。当時の彦根測候所の雨量観測は4時間単位で観測されており、4時間最大は183㎜(7日の6時~10時)、24時間最大は684㎜(7日6時~8日6時)と驚異的なものであった。

当時の状況を元彦根測候所長関和男《せきかずお》氏は、その回顧録で「雨の振り方の強烈なことは、丁度ロープのような太さの雨で、その上雷雨を伴い、実に凄惨《せいさん》な光景であった」と述べている。

さらに、11年遡った明治18年に淀川決壊に伴い、当時の大阪府全体の世帯数の約20％となる約７万１０００戸が浸水し、被災人口が約27万人に及ぶ壊滅的被害を生じせしめた大洪水（降雨量のデータなし）が発生している。このことが、我が国初の河川法制定（明治29年）、淀川放水路計画、そして南郷洗堰建設計画立案の契機となっている。

一方、大渇水としては琵琶湖水位観測史上最低のマイナス１２３cmを記録した平成６年渇水が未だ記憶に新しいところだが、少し古くは昭和14年末のマイナス１０４cm（水位観測史上最低２位）が、当時は近年に比べてかなり小さい水利権であったこと、５月からの水位低下量は約１３０cmであることを考慮すると明治以降の実質既往最大の渇水と評価されるようである。

「歴史は繰り返す」と言うが、宇宙の理のもとでの自然現象もある周期で繰り返している。短周期としては1年の地球の公転、11年サイクルの太陽の黒点発生数の周期、少し長くなれば１００年程度と言われる太平洋プレートの歪《ゆが》みに起因するプレート地震、さらに長い数百年から１０００年オーダーの日本列島内陸直下型地震や地球の温暖化と寒冷化の繰り返し等がある。

多雨期、小雨期も周期性が考えられるが、多雨、少雨の変動が近年確実に大きくなってきている。明治29年の琵琶湖の未曾有の豪雨、そろそろ〝未曾有の〟という形容詞は返上しなければならないと感じつつある。大きなゆらぎの時期に近年入ってきたと認識し、今後は50～70㎜を越える時間雨量の連続と５００～６００㎜を越える総雨量を想定して常に危機管理に当たらなければならないと痛感している。

１００年前の明治38年（１９０５）完成の南郷洗堰の建設経緯と淀川上下流のこれまでの歴史と１１０年の彦根気象台の降雨データ、そして明治7年からの１３０年の琵琶湖水位観測記録という極めて貴重な過去の情報に、琵琶湖淀川流域住民は今一度学ばなければならない。

２００５年12月作成

4. 21世紀に入った近年の降雨特性

前節（5章3節）の文章は、南郷洗堰建設１００年が経過した２００5年に作成し、明治29年の琵琶湖豪雨での彦根の日降水量５９７㎜を念頭に、その時点で今後は５００～

６００㎜を越える総雨量を想定しての危機管理の重要性を訴えたところである。それからわずか15年の経過の内に、総雨量はもちろん、日雨量レベルにても軽く６００㎜を越える豪雨が全国各地で頻繁に起こっている。

２０１１年９月の台風12号襲来で紀伊半島の一部地域では総雨量が２０００㎜を超えて甚大な被害が生じた「紀伊半島大水害」、２０１４年８月の線状降水帯に起因する広島土砂災害、２０１７年７月の九州北部豪雨、２０１８年６月28日から７月８日まで長期に降り続き西日本の広域にわたり甚大な被害が発生した西日本豪雨、そして昨年10月の台風19号による関東東北での東日本豪雨災害は、記憶が醒《さ》めやらぬところである。

気象庁からは、我が国における日降水量の１９７６年からのアメダスを含む気象台等の観測史上の上位20地点（歴代全国ランキング）の降水量が公表されている。これによると、２００５年以降に歴代全国ランキング上位20地点内に新たに11地点が加わる凄まじい勢いで日最大降水量が増加している。別の言い方をすれば、上位20地点の内訳は時系列発生の最初が１９６８年の三重県尾鷲での８０６㎜（４位）であり、１９６８年から２０００年の33年間に９地点であるのが、昨年２０１９年10月12日に箱根での９２２・５㎜が第１位を更新した降雨を筆頭に２００１年から２０１９年の19年間に11

地点で発生しているのである。

　この20地点の日降水量の記録を詳細にみると、20地点すべてが６００㎜以上であり、６００㎜代が８地点、７００㎜代が８地点、８００㎜代が３地点、そして最高値の箱根での９２２・５㎜の合計20地点である。地域別には、四国が９地点、紀伊半島が５地点、その他が６地点となっている。

　幸い、この20地点には淀川流域内での地点は現時点では入っていない。つまり明治29年９月７日の彦根での日降水量５９７㎜は、淀川流域内での日最大降水量として依然最高値と思われ、先に述べた明治29年９月４日から12日までの９日間で合計１００８㎜に達した豪雨は、最近の日本各地に起こっている降雨特性からして、いわゆる線状降水帯に起因する豪雨と推測される。

「そろそろ〝未曾有の〟という形容詞は返上しなければならない」と２００５年当時に予測したことが、現実のものなっている昨今の頻発する多雨化現象に我ながら驚きを禁じ得ない。

5．7世代前までの過去を振り返る重要性

近年のわずか10年の内でも、２０１１年3月11日に発生した「東日本大震災」から始まり、２０１１年9月の台風12号襲来による「紀伊半島大水害」、２０１４年８月の線状降水帯に起因する「広島土砂災害」、２０１７年7月の「九州北部豪雨」、２０１８年6月28日から7月８日までの西日本豪雨、そして昨年10月の台風19号（42年ぶりに「令和元年東日本台風」と命名）による「関東・東北豪雨災害」まで、日本列島ではほぼ毎年の如く甚大な自然災害が発生している。

これらの大災害の教訓とするところは、過去に実際に発生した事象を継続的に正しく振り返り危機管理に備える重要性にある。

「どんなことも7世代先まで考えて決めなければならない」これは、アメリカ先住民族のイロコイ族の長期的視点で未来を見据えることの重要性を指摘した素晴らしい格言である。過去を見つめることに焦点をあてれば、「7世代にわたって過去を振り危機管理

に備えなければならない」と過去を振り返ることとの重要性につながると私なりに理解するところである。

東北地方の津波に関しては、今から124年前の明治29年（1896）6月に、2011年3月11日の東日本大震災に匹敵する大津波が三陸地方で発生している。私の手元にあるやや古い理科年表（平成10年版）によると、「1896・6・15（明治29）M8½三陸沖『明治三陸地震津波』：震害はない。津波が北海道より牡鹿《おしか》半島にいたる海岸に襲来し、死者は青森343、宮城3452、北海道6、岩手1万8158。家屋流失全半壊1万以上、船の被害約7千。波高は、吉浜24・4m　綾里38・2m　田老14・6mなど。……」とある。

また、琵琶湖淀川水系においては、淀川沿川の大阪府内が壊滅的被害を受けた明治18年（1885）の淀川大水害、140年を超える琵琶湖水位観測史上、琵琶湖水位最高（鳥居川量水標で+3・76m）の大洪水が、奇しくも同じ明治29年の9月に発生していることは、先の5章3節でべたところである。

さらに、ところは新潟になるが、いわゆる「横《よこ》田《た》切《ぎ》れ」と称する信濃川大洪水が奇しくもやはり明治29年の7月に発生し、明治29年は当時の日本にとって最悪の一年と言ってよいのではないだろうか。

さらに、７年遡る明治22年８月には和歌山県田辺では総雨量１０００mを超える豪雨が記録されており、十津《とつ》川流域や和歌山県の各所で大規模な土砂崩壊が発生し、天然ダムが形成され、それが決壊し甚大な災害を生じた「十津川大水害」が起こっている。

また、安政の南海地震と大津波は今から１６６年前の１８５４年に起こり、その後１９４４年12月の「東南海地震と大津波」、そして直近の１９４６年（昭和21）12月の「昭和南海地震と大津波」が起こって74年が経過している。

ところで、大水害が起こるたびに「こんな水害は生まれて初めて」と被災地の住民の言をよく耳にする。これはその人の一生の50~70年間ではこれほどの大水害はなかったことを意味しているが、上述したように近畿地方でも今から74年前、１２４年前、１３１年前、１６６年前まで遡れば、それこそ未曽有の大自然災害が発生している。

ここで、２０１１年９月の台風12号襲来時を振り返ってみたい。私は当時関西支社長として防災体制を敷く中、今回の台風は極めて北上速度の遅い台風と予報されていたので、木津《きづ》川筋の水資源機構のダムでは洪水調節容量を使い切ってしまう、いわゆる「但し書き操作」を覚悟して臨んでいた。予想どおり、比奈知《ひなち》ダム流域では９月１日から９

月4日までの累積雨量は839㎜を記録したが、時間雨量、短時間雨量がそれほど大きくなかった。その結果、流量規模もたいしたことなく、下流域の名張市他では幸い大事に至らなかった。しかしながら、紀伊半島の一部で強烈な雨量と被害が発生したことはすでに記述したとおりである。

北上速度が遅く大雨を降らす可能性が大きくなることは、マスメディア各局で報じていたが、私が力説したいことは、過去の「明治の十津川大水害」では、累計雨量が1000㎜を超えて甚大な被害、犠牲者が出たこと、つまり「今回も当時に相当する豪雨が予想されるから、まずはいち早く避難準備、そして雨量がある規模を超せば避難をすること」の勧告的報道を関係機関が怠《おこた》ったことである。

私の記憶が間違っていなければ、気象庁、マスメディア(気象予報士を含む)は、天気予報(予想)はするが、過去の大事な教訓、ここでは明治の十津川大水害の事実を報道することをやっていなかったように思う。

確かに避難勧告や避難指示を出すのは市町村長だが、その市長村町へ過去の事例という一つの判断材料を適格かつ速やかに提供して市町村長を支援するのは、気象庁、国土交通省、マスメディア等々が自分たちの仕事、使命だと思っていなかった。その後の

２０１４年８月に発生した広島での土砂災害にも見られるように、過去に同規模の豪雨災害が発生していることを正しく持続的に情報提供するというシステムになっていない。つまり関係機関の間に「大きな隙間《すきま》」が生じていたし、過去と現在との間に「大きな隙間」が生じているのではと危惧《きぐ》している。

２０１１年の紀伊半島大水害が発生する直前には、少なくとも和歌山県、奈良県、三重県の人たちには、わずか１３０年前の明治22年（１８８９）の十津川大水害時には、１０００㎜を超える雨が短期間に降り、鉄砲水、土砂災害等により膨大な人名が失われたという情報を常日頃より正しく持続的に提供していなかったと思われる。

今となっては、おそらく明治の十津川大水害のことは名前だけを知る程度になってしまっていたと推測する。その豪雨や災害の内容や特徴を正しく知らしめていれば、総雨量が５００㎜を超えた、７００㎜を超えた、今回は１０００㎜を超えそうだという情報が入れば、「逃げるしかない」という判断が働き、犠牲者は間違いなく減っていたのではないかと思うと残念でならない。

１世代を仮に20～25年とするとイロコイ族の教える7世代は、おおむね１５０～１７０年になろうかと思う。防災・減災に携わる者のみならず私たちは、これからは少なくとも「わずか7世代前（170年）」の感覚で過去を振り返り、やがて必ずやってくる「南海トラフ巨大地震」を含めた自然災害を念頭においた危機管理に万全を期さなければならない。

令和2年（2020）は、明治153年である。江戸後期の日本文化・教育の元で育ち近代日本の礎を築いた数多くの明治の偉人たちの気概と志を、かたや大災害の頻発《ひんぱつ》時代であるわずか150年の前の明治時代を日本社会あげて振り返り、過去に学ぶ必要性を痛感している。

令和という時代は7世代前の明治・大正時代を振り返り、22世紀に向かって7世代先を見越した社会資本整備と未来を創る子供たちへの真の教育に国民あげて勢力を注ぐべき時代である。

6. 真の琵琶湖淀川流域共同体を目指して
―水と生命に係わる本物情報の共有と共鳴へ―

竹村公太郎氏（ペンネーム：島陶也《とうや》）は、「日本という共同体のために」（『建設オピニオン』

２００４年２月号）の中で、今私たちにとって必要なことは、〝共同体への帰属意識の醸成〟と、そのためには〝情報を共有して共に生きる〟ことが重要であり、さらに〝情報装置としての新聞、交流装置としての鉄道・高速道路〟が不可欠であるとして、概略次のように述べている。

共同体とは記憶を共有する人の集まりで、共同体への帰属意識は「共有する記憶の量」で決まる。帰属意識を醸成するには、共同体の記憶量を増やせばよい。実体がなく意識だけに存在する共同体にとって共同体意識の醸成は最優先事項となる。共同体にとって情報を共有し共に生きることは全てに優先するのだ。国という共同体を存続させるため、国民が共に住み共有する記憶量を増やしていくことが唯一の方法となるのだ。「情報の共有」と「共に生きる交流」への努力が続けられてやっと国という共同体が維持されていく。その努力が失われた瞬間、国という共同体は幻のように消え去ってしまう。

竹村氏の上記文章の「国」を「琵琶湖淀川流域」に、「国民」を「流域住民」に置き換えると、以下のようになるだろう。

〝共同体にとって情報を共有し共に生きることは全てに優先するのだ。琵琶湖淀川流域という共同体を存続させるため、流域住民が共に住み共有する記憶量を増やしていくことが唯一の方法となるのだ。〟

このことは「安全で豊かで安らぎのある近畿圏という流域共同体の健全な発展を願う」現在の私たちのめざす方向となる。

洪水時、渇水時はもちろん1年365日を通して、上流の人々が下流域を、下流の人々が上流域をお互いに常に思いやることで互いに共有する記憶量を増やしていくことが、流域共同体への帰属意識を認識すること、つまり琵琶湖淀川を意識することだと思う。

ところで、ここ琵琶湖淀川流域では、昭和47年から25年の歳月を要して、琵琶湖の自然環境の保全と水質の回復を基調としながら、その資源を流域全体のものとして正しく有効に活用することを基本理念とした「琵琶湖総合開発事業」が実施され平成8年に一応の完了をみたことになっている。

しかしながら、現実の琵琶湖淀川流域をみた場合、未だ「仏造って魂入れず」の感が拭《ぬぐ》えない。なぜなら琵琶湖と淀川を通して琵琶湖淀川流域に住む人々の心が一つになっているとはいえない。つまり、流域住民が共に住み共有する記憶量を増やしているとは到底思えないからである。

〝淀川上下流域での開発利益の均霑《きんてん》〟が、琵琶湖総合開発の理念であったと聞く。

今こそもう一度琵琶湖総合開発の原点に返る時だと思う。時代の変化と共に過去・現在の生きた情報を共有するなかで、数え切れない多くの人々の汗と思いが結集した琵琶湖淀川の上下流の相生相克《そうせいそうこく》の歴史を踏まえ、かつ未来を見つめつつ流域全体が永遠に進化し続けなければならないと考える。

淀川の源に降った一滴の水は、流域内の森林を通り、姉川・高時川、姉川河口や琵琶湖に流入する多くの河川、河口を経て琵琶湖に入り、琵琶湖辺を潤し、瀬田川、宇治川、淀川本川・ワンド、淀川の干潟《ひがた》を経て、すべての生き物を潤して大阪湾に注いでいく。

川を守ることは琵琶湖を守ること、琵琶湖を守ることは川を守ること、森を守ることは琵琶湖を守ること、琵琶湖淀川を守ることは海を守ること、海・淡海を守ることは森を守ることである。大阪湾からアユ、サツキマス（あまご）が天然に遡上・降下する淀川の復活が望まれる。琵琶湖から姉川、安曇《あど》川、野洲川等にアユ、ビワマスが天然に遡上・降下する琵琶湖流入河川の蘇生再生が望まれる。

川の流れによって、山から淡海・海に下った栄養分が、今度はアユやビワマスなどの回遊性魚類や渡り鳥たちによって海・淡海から山に逆流することが自然の循環でもある。

〝私たち琵琶湖淀川流域に住むすべての生きとし生けるものは、水でつながっている〟という流域共同体への帰属意識を再認識するためには、まずは淀川最上流域の姉川・高時川と琵琶湖周辺から、地元発の真の情報・歴史的記憶を琵琶湖淀川流域内に発信し、その情報の共有を行うことが共同体としての記憶量を増やすことになる。

〝体にしみ込んでいる体験記憶としての琵琶湖流域の方々の声とリアルタイムの琵琶湖情報〟を一人でも多く流域内の人、特に淀川下流域という都会に住んでいる人々に届けることの必要性・重要性を痛感する。

竹村公太郎氏は、情報装置として「新聞」を言っておられるが、テレビ、ラジオのマスメディアに加えて、現在では映像を含めた膨大な情報を一瞬のうちに共有可能なインターネット等の各種の情報装置が考えられる。官民、組織を問わず上下流の人々が、あらゆる情報装置を駆使することで、流域共同体としての本物情報の共有、つまり共同体としての記憶量を増やすことが可能となる。

取り急ぎ、新聞、テレビに望むことは、水源地である琵琶湖流域のニュース・情報を流域下流の大阪等に伝達してほしい。さらに具体的に言えば、新聞の治水、利水、水文化、水環境に係わる地方紙情報やテレビのローカル情報を下流域に是非伝達してほしい。

次に、養老孟司氏は「現在の日本人は、すべからく参勤交代をすればいい」（『いちばん大事なこと』集英社新書）と次のように言っている。

都会が頭だとしたら、田舎は身体である。頭は身体のことを完全には理解しない。自分がいつ死ぬか、それすらわからないのである。それなら頭は身体しだいなのだが、頭はそうは考えたがらない。自分がいちばん偉いと思っているからである。都会と田舎が同じである。田舎がなければ、都会は成り立たない。……（中略）……田舎に住む利点はなにか。体を使い、日々必要なことを自分でする。こうした作業を続けることで、まさに「体が丈夫になる」。それが頭を支えるのである。それによって考え方が変わる。都会の考え方だけではダメだ。……（中略）……

今の都市生活が健康だとは、多くの人は思うまい。健康とは、単に病気をしないというだけではない。どういう状況となっても、俺はなんとかやっていける。そういう自信をもつことである。

そのためにいちばん大切なのは、身体である。田舎でそれを鍛える。……（中略）……大の大人が、ただレジャーといったってすることがなかろう。それなら山の手入れ、田畑の手入れをすればいい。それがお国のため、将来のためである。参勤交代といっても一種の強制休暇なのである。ただし田舎で寝ころんで何もするなということではない。働けというのである。……（中略）……私が提唱する現代の参勤交代には、なんの政治的意図もない。しかしそれが生み出す社会的効果は極めて大きいはずである。

またもや養老孟司氏の言葉を長々と引用紹介したが、一言でいうならば、〝身体でもって田舎で自然という実体に触れよ。都会（下流）の人は田舎（上流・水源地）での本物情報・身体による記憶量を増やせ〟と言っているのだと理解する。

健全な身体に健全な精神が宿ると言われるように、田舎と都市が適切なバランスのもとで流域が持続的発展をして、はじめて琵琶湖高時川流域そして琵琶湖淀川流域に棲息するすべての生物、その生物たちに支えられて生活する私たち人間が健全に成長することになると信じる。

現代人の多くが、自らの人生の中で、身体を通してしか説明できないことを経験する機会が少なくなってきている。身体がないとやっていけないのが田舎であり、この田舎の重要性がますます大きくなってきているかと。

最後に、竹村氏のいう情報装置と鉄道・高速道路等の交流装置に加えて、『生命維持装置』が流域共同体にとって不可欠と考える。つまり、洪水被害を軽減させる治水のための装置、健全な生態系を有する河川や湖沼環境の保全再生のための装置、そして異常渇水時や食糧不足、エネルギー不足が危惧される将来を見通した水資源の確保のための貯留装置が、ダム貯水池でありわが国最大で世界有数の古代湖の琵琶湖である。自らが、巨大な生命体であり、かつ近畿圏・琵琶湖淀川流域に棲息する全生命の生命維持装置が琵琶湖である。

新聞、テレビのマスメディアに加えて最新鋭のインターネットという『情報装置』、鉄道・道路に加えて徒歩という本物情報を自らの五感で体得できる『交流装置』を総動員すれば、琵琶湖淀川という『生命維持装置』への〝本物情報の共有・共鳴〟が可能となり、その結果、琵琶湖淀川流域は〝真の琵琶湖淀川流域共同体〟に進化することだろう。

琵琶湖淀川流域の一人ひとりの意識、琵琶湖への想いが琵琶湖を蘇生再生させると確信する次第である。

２００５年１月１日

参考図書等

1. 富山和子『環境問題とはなにか』ＰＨＰ新書（２００１年）
2. 「滋賀県災害誌・初版昭和35年」
3. 竹村公太郎「日本という共同体のために」『建設オピニオン』平成16年2月号、建設公論社（２００４年）
4. 養老孟司『いちばん大事なこと』集英社新書（２００３年）

第6章

空海に学ぶ築土構木の原点　——対話と体得——

1．空海が最澄にあてた書簡～以心伝心～

私が長年携わってきた水資源開発に関連して、21世紀は「水の時代」ということに加えて、21世紀は「心の時代」とも言われている。

空海が中国から持ち帰った密教の教典をかいま見た瞬間、そこに密教の秘奥の世界が遺漏なく盛られていることを看取した伝教大師・最澄は、空海に密教の伝授を求めてその経典を貸してほしいと何度もお願いした。最澄の懇願に対して、空海は最澄に宛てた書簡のなかで次のように言っている。

秘蔵の奥旨《おうし》は文のうることを尊しとせず。唯心を以て心に伝ふるに在り。文は是れ糟粕《そうはく》なり。文は是れ瓦礫《がれき》なり。糟粕瓦礫を愛すれば粋実至実《すいじつしじつ》を失う。……

意味は「真言密教を解るには書物を読んでいるだけでは駄目だ。唯ただ心で学ぶことが大切なのだ。書物は瓦礫である。書物に没頭すれば純粋な真実を見失う。……」

「唯心を以て心に伝ふるに在り」とは、いわゆる「以心伝心」と言うことだが、上記の文を我々土木技術者向けに解読すると次のようになるかと思う。

「真に、自然・土木が解るためには、書物を読んでいるだけでは駄目だ。まずは、自然の中に、現場、地域の人々の中に飛び込め。そして心と体で学ぶこと（体得）が第一である。そして、心でもって皆の理解を得ることが大切だ。書物だけでは真実は見えない。唯心を以て心に伝ふるに在り。」

「唯心を以て心に伝ふるに在り」素晴らしい言葉だと思う。若き技術者の皆さんも、まずはヘルメットをかぶり、足繁く現場に行き、自然との対話、現場、地元の人との心の対話を何時間、何百時間、何千時間とコツコツと積み重ねて、気づきを現場手帳に記していっていただきたい。専門家の先生から講義を受け、また書物から多くのことを学ぶことも極めて大切である。あわせて現場にて自らの智慧でもって感性を磨き自然と対話し、現場の智を体得することもさらに大切である。空海が言っていることは、すべての技術者に相通じることかと思う。

2. 総合教育の場「綜藝種智院」の創設

空海はわが国の歴史に初めて現れた「万能の天才・総合文化人」である。まず、嵯峨《さが》天皇、橘逸勢《たちばなのはやなり》とともに時の人から三筆《さんぴつ》と称されたように傑出した書家であり、天性の詩人であり、多くの書籍に見られるように文章の達人としても群を抜いているとのことである。さらに文人的才能に加えて、本草学《ほんぞう》、冶金学《やきん》等々の科学技術にも最先端の知識・智慧を有し、香川県にある有名な満濃池の修築を行った土木技術者でもあった。

満濃池《まんのう》の修築は何人も指揮者が代わるほどの当時難工事であり、最後に空海が請われてその任にあたった。その結果、人望の厚い空海の一声で多くの人が集まり、それまでの労働者不足も解消して、唐の時代の中国から持ち帰った土木・灌漑技術を用いて、弘《こう》仁《にん》12年（821）に満濃池の修築を完成させている。

このようにあらゆる事に秀でた空海は、教育に対しても先駆的な考えを持っていた。

当時の教育は、官学、私学にせよ、一定の地位にある家柄の子弟でないと入学できないシステムになっていた。それに対して空海は、貧富の別、地位の上下に関係なく、あらゆる人に開かれた、いわば庶民のための学校の必要性を説き、それを実践したのが、わが国初の庶民に門戸を開いた学校として名高い「綜藝種智院《しゅげいしゅちいん》」を創設していることである。綜藝種智という校名には、全人教育を施す総合教育機関にしたいという空海の理想があらわれており、さらに望ましい教育の条件として、教師、子弟双方の生活を保障する完全給費性を提唱している。

儒教、道教、仏教をはじめとし、陰陽道《おんみょうどう》、法律、工芸、医学、音楽に至るまであらゆる学芸、学問を綜合して広く庶民を対象として教育しようとしたのである。

空海がやりたかったことを一言でいうならば「民衆のために……」であり、かつ総合教育が空海の理念であった。

総合教育と言えば、土木学会初代会長の古市公威《ふるいちこうい》（１８５４～１９３４）は、過度の専門分化により会員が専門性のみに安住して土木の本来性が失われることを戒め、土木が土木たる所以である総合性を強く会員に喚起するとともに、最後に人格の高き者を得るためには総括的教育を必要とし、それには漢学をもって人物を養成すべきであると講演している。

ところで、一般に高等学校の段階で大学受験に関連して文科系、理科系に分けた現在のわが国の学校教育は、結果的に視野の狭い人間を作ってしまっているのではないかと思う。筆者は理科系つまり土木工学を専攻したが、人間力養成にかかわる漢学や古典の勉強とは程遠い教育環境の下で育った。筆者の受験時代からすでに50年近く経過した現在においても当時となんら変わることもなく、否、ますます受験教育の弊害が助長されて、本末転倒した我が国の教育方針が未だ連綿と続いていることが残念でならない。

3．満濃池と綜藝種智院にみる民衆とのかかわりと総合学の重視

空海が行った、満濃池の修築、密教経典の伝授を求めての最澄とのやりとり、そして綜藝種智院の創設から、私たち土木技術者が学ぶべきことを簡潔にまとめれば以下の三点に集約できると考える。

①地域の人々との持続的対話

常に庶民つまり地域の人々の立場に立ち、人々との持続的対話（コミュニケーション）に

努める。

②以心伝心―唯心を以て心に伝ふるに在り―　体得

「土木技術者は、真に自然・土木がわかるためには、書物を読むだけでは駄目だ。まずは、自然の中、現場、地域の人々の中に飛び込め。そして、心と体で学ぶことが第一である。書物だけでは、真実は見えない。唯心を以て心に伝ふるに在り。」

③総合学の重視（綜藝種智）

最新の土木技術開発に向けての研鑽《けんさん》はもちろん、自然、社会の全体像がわかる広い視野を養うためにあらゆる分野に目を開く

「綜藝種智を求めて、対話と体得。まずは飛び込め!!」

4．自然との対話から「現場の智」の体得に向けて

真の情報とは、自らの体験に基づく個人的発見によるものであると思う。スピードや目の高さを変えることで新鮮な風景が視界にとび込んでくるのと同じように、あらゆる

外的環境に対して独自のアプローチを試みることで思わぬ発見と感動がある。

車による巡視ではほぼ永久にわからないことでも、徒歩により現場を見ることで、視覚だけでなく聴覚、嗅覚、触覚が活動を始め、見えないものが観えてくる。これが時には言葉では表現できない「現場の智」を体得することだと思う。

すべての始まりは調査から。額に汗して足繁く現場に行く。自分で汗を流す体験、「流汗悟道《りゅうかんごどう》」。これが最高の仕事であり学問であり、そこには新たな自分の発見があり感動の世界が待っている。自らの体得による本物情報の蓄積が、「現場の智」であり土木技術者の命となる。

土木事業に携わる者は、自然と真正面に接している数少ない技術者であり、現場から得られた自然環境情報や社会環境情報を世の中に還元すべき立場にもある。

「物を作った。その構造はこうだ、その目的、効用はこうだ」と論じることも大切であるが、その前に、「自然とは、川とはこういうものですよ。今現在こうなってます。過去の地震や風水害などの流域・地域の自然史は、アユ、ビワマスやイヌワシ、クマタカの生活史はこうです」という我々の調査から得られた真の情報を、地域住民の方々に還元して、自然・社会環境への理解を深めていただく。そうした真摯な活動の成果が、防災・減災への智慧となり、自らの命を守ることにつながる。

　ダム事業をはじめとする公共事業にとって、幅広い学問的知見と現場（自然）の観察など、あらゆる活動の総動員なくして事業の円滑な実施はあり得ない。水資源開発を含めた土木事業の実施ならびに河川やダム湖の適切な維持管理においても、地域の人々のコミュニケーションを通しての総合的な智慧と情報の集積・編集と共有が求められているのではないだろうか。

5. 科学と宗教の融合

1. 湯川秀樹と空海

湯川秀樹は、自著『天才の世界』（対話形式）の中で空海について縷《る》々《る》以下のように述べている。

〈ちょっと一口にいえんくらいに弘法大師という人は、ひじょうに豊かな才能をもっておって、才能のあらわれ方がひじょうに多面的ですね。ですから、いわゆる多芸多才というか、あるいは万能というか、なんでもできる人です。」

「わたしが彼を天才という意味は、ひじょうに多才な人だけれども、表現力というか、芸術は表現なりというけれども、彼は芸術あるいは他のしかたで自己を表現するという欲望が強い。」

「遣唐大使の通訳みたいな役で行くわけでしょう。いつの間にそういう勉強をしたか知りませんけれども。これはすごい才能です。語学の才能はたいしたものですし、もちろん文章もうまいし、詩もじょうずである。しゃべるほうもできる。」

「彼はひじょうにヴァイタリティをもっているから、やはりそれをサブリメーションしなければならない。欲望を昇華、向上させなければならない。宗教的修行もそれに学問的な活動、芸術的な活動、ありとあらゆることをやる。土木技師的なことまでやるというのは、彼がエネルギーに満ち満ちているから、それらのすべてを意欲的にやらずにはおれない。」

本書から推察するだけでも湯川の空海に関しての知識量は並大抵のものではない。湯川は、自らの専門とする物理学に関する書籍はもちろん、自伝、エッセイ、選集・著作集に至るまで膨大な著作を残していることを今回改めて知るに至った。

湯川の才能の現れ方もまさに多面的であり、ある意味では空海を凌駕《りょうが》しているのかもしれない。わが国ではこれまでに23人に及ぶノーベル賞受賞者を輩出しているが、湯川は、若干42歳で日本人初のノーベル物理学賞を受賞し、後年ノーベル平和賞の候補者にも推薦されている。湯川を凌《しの》ぐ天才文化人はノーベル賞受賞者の中に未だ現れずと感じるのは私だけであろうか。

湯川が中間子論を創造する際には教養としての仏教思想が背景にあったとも言われている。とりわけ科学と宗教の間を垣間見る中で物理学者・湯川秀樹が、真言密教の教祖・空海に強烈にひきつけられるところがあったのではないかと推察する。

ここに筆者が気付いた二人の天才文化人の共通点について紹介する。

①二人はともに伯父、祖父から漢籍を学んだ

・空海は小さい時に伯父の阿刀大足《あとのおおたり》から漢学、漢文、漢詩を身につける

・湯川秀樹は紀州田辺藩士であった祖父の小川駒橘《おがわこまきつ》より漢籍の素読を習う

②二人はともに詩人でもあった

【空海】

「生れ生れ生れ生れて生の始めに暗く、死に死に死に死んで生の終わりに冥《くら》し」

「悠久の宇宙と生命の歴史を表現しようとしている。ひじょうにみごとな表現ですね。」
（湯川秀樹評）

【湯川秀樹】
「一片の十勝の雪を手にとりて　人住まぬ空のたより聞くかも」

湯川が親しかった「雪は天から送られた手紙である」の名言で有名な雪博士の中谷宇吉郎《なかやうきちろう》の描いた墨絵に寄せた歌（筆者の好きな歌）

また、1956年1月には宮中歌会始めに召人として臨んでいる。

2．空海「五大に皆響き有り」と近代物理学の世界

先に21世紀は「心の時代」と述べたが、21世紀は「東洋と西洋の知の融合の時代」、「科学と宗教が融合する時代」とも言われている。かれこれ20年前に、ロボット犬『アイボ』を開発したチームリーダーでありソニーの元重役の土井利忠氏は、ペンネーム「天外伺朗」の名で『般若心経《はんにゃしんぎょう》の科学』祥伝社（NONブック）を著し、自著の概要について以下のように紹介している。

『般若心経』は、古来より「人生の智恵の宝庫」「心の平和の拠り所」「仏教思想

の神髄」として、人々に親しまれてきた。だが、科学者としての目で「般若心経」を読むと、わずか276文字の中に、最新の先端科学理論が秘められていることがわかった。

たとえば、「色即是空　空即是色」とは「この世＝あの世」「あの世＝この世」ということであり、これは驚くべきことに、21世紀を目前に控えた最先端物理学（量子力学や宇宙論を含む）や大脳生理学、ユング心理学の仮説である深層無意識の概念ともピッタリ符合する。宗教との分離によって発展を遂げてきた近代科学は、21世紀には再び宗教に接近し、やがて両者は「あの世の科学」として再統合されるだろう。

ここで、空海の著わした『声字実相義』の中に筆者なりに、宗教と科学の接近事例の一端をみてみたい。

空海は『声字実相義』（真言教学の重要な経典の一つで、音声と文字とはそのまま真理を表すとする密教の教えを述べたもの）にて、冒頭に《五大に皆響き有り》と言っている。

【原文】

五大皆有響　十界具言語　六塵悉文字　法身是実相

五大に皆響き有り　十界《じっかい》に言語《ごんご》を具《ぐ》す　六塵《ろくじん》悉《ことごと》く文字なり　法身は是《こ》れ実相なり

【訳】

地・水・火・風・空の五大からなる森羅万象には、皆、心理を語る響きがあり、地獄・餓鬼・修羅・人《にん》・天・声聞《しょうもん》・縁覚《えんがく》・菩薩《ぼさつ》・仏の十界すべてに真理を語る言葉がある。色・声・香・味・触・法の六塵、すなわち私たちの感覚によって把握される認識の対象は悉く真理を語る文字であり、究極のホトケたる大日如来とは、この世界の、あるがままの姿に他ならない。

「五大」とは、地・水・火・風・空であり、つまり森羅万象というか自然、地球、宇宙を構成する根本を意味する。「響き有り」とは、物理学的に言うと波動、波であることを意味する。私の拙い物理学の知識では、「物質を構成する粒子である電子は波動性をもつ」ということを表した「シュレディンガーの波動方程式」や「すべての物質や宇宙を作っている要素は、粒でなく振動するひも（弦）である」とする「超ひも理論」などが思いあたる。

つまり、「五大に皆響き有り」とは『宇宙の根本は波動である』ということであり、まさに現在物理学が行き着いた根本原理を空海は遙か1200年前にすでに言い当てていた、と筆者の独善的解釈である。天外伺朗氏が、「般若心経には最新の先端科学理論が秘められている」と驚嘆したと同様に、筆者も空海の著わした経典『声字実相義《しょうじじっそうぎ》』の凄さにも唯ただ驚くばかりである。

6. マニュアル思考からの脱却～色即是空から空即是色へ～

最後に、般若心経の「色即是空　空即是色」について筆者なりの解釈を述べたいと思う。私は、これまでにダム建設や河口堰等の河川管理施設の建設や管理に携わってきた。我々ダム技術者、河川技術者の世界でマニュアルと言えば、まず筆頭に上げられるのが河川管理施設等構造令であり、次に河川砂防技術基準等々がこれに続き、コンクリート構造物については土木学会制定のコンクリート標準仕様書などもマニュアルの類となる。

昭和51年に河川管理施設等構造令が制定された直後にダム建設の世界に入った私は、当該構造令を絶対的マニュアルとしてスタートしたため、構造令のない時代に想像力たくましく自ら考えながら設計施工に取り組まれた私たちの先輩に比べて、頭が固定化してしまっていたように感じるところである。

そこで、かの有名な「色即是空　空即是色」なるフレーズに関して、我々技術者にとっては「空則是色」が仕事の極意ではないかと10年近く前から感じているところである。私なりに、現在の社会現象や技術に関して「色即是空　空即是色」について次のように解釈してみた。

単純な解釈の一つとして、「色」とは「ある」ことであり、「空」とは「ない」ことである。つまり「色即是空　空即是色」とは「あることはないことであり、ないことはあることである」。

「色即是空」とは、「あることはないことであり」つまり「モノや情報がある（豊かになる）と、人間は人生を開拓するバイタリティーがなくなる（低下する）」。我々技術者に置き換えると、「指針、マニュアル等がある（整備される）と、やがて技術者は考える力がなくなる（低下する）」。

「空即是色」とは、「ないことはあることであり」つまり「モノや情報がない（不足する）と、人間は自ら考え個性的な人生を開くバイタリティーを有する（つかみ取る）」。

技術者には、「指針、マニュアル等がないと、技術者は自ら考え独創的、合理的設計や新技術開発に取り組む」、と私なりに解釈したところである。

昨今、土木に限らずあらゆる工学分野において設計施工に関してのマニュアル整備が進んでいるように思われるが、斬新《ざんしん》な設計や技術開発を進めるに当たっては、指針やマニュアルがあることがかえってマイナスになることがあるように感じるのは私だけではないと思う。近年の「仕様規定」から「性能規定」への流れの中で、現役で活躍されている技術者の皆さんにはマニュアル思考から脱却した「空即是色」の原点に立ち返った設計施工にぜひ挑戦していただきたいことを願う。

２０１８年1月31日

参考図書等

1. 百瀬明治『高野山　超人・空海の謎』祥伝社黄金文庫（１９９９年）
2. 梅原猛『最澄と空海―日本人の心のふるさと―』小学館文庫（２００５年）
3. ひろさちや『空海入門』祥伝社（１９８４年）
4. 湯川秀樹『天才の世界』光文社知恵の森文庫（２００８年）
5. 天外伺朗『般若心経の科学』祥伝社（１９９７年）

第7章

万葉集と令和、そして水と琵琶湖

今年2019年5月1日は、私が住む大津では雨に烟《けむ》る比叡・琵琶湖を眺めての「令和元年」の幕明けとなった。元号で日本の古典（国書）が出典になるのは初めてとのこと。そこで、本章では万葉集からの「令和」の出典についておさらいして、万葉集と琵琶湖と生物について、また私自らの万葉集との拙い関わり等について記述する。

雨に烟る比叡を仰ぎ観て令和の幕開けを寿ぐ

1．万葉集が出典の元号「令和」

「令和」は「梅花の歌三十二種」（『万葉集』巻五・八一五～八四六番歌）の前に置かれた漢文の序から採られました。

干時、初春令月、気淑風和、梅披鏡前之粉、蘭薫珮後之香

時に、初春の令月にして、気淑《よ》く風和《やわら》ぎ、梅は鏡前の粉を披《ひら》き、蘭は珮《はい》後の香を薫らす

【口語訳】

時あたかも新春の好き月、空気は美しく風はやわらかに、梅は美女の鏡の前に装う白粉《おしろい》のごとく白く咲き、蘭は身を飾った香の如きかおりをただよわせている

「令」は「嘉」に通じ、「よい」という意味があります。ご令嬢やご令息という言い方で現代でもなじみがあるかと思います。「和」はやわらぐ穏やかと言う意味です。「梅花の歌三十二種」は、７３０年（天平２）年に、太宰師《だざいのそち》（太宰府の長官）であった大伴旅人《おおとものたびと》が主催した梅花の宴《うたげ》で詠まれた歌々で、その序文には、中国の高名な書家である王羲之《おうぎし》が記した「蘭亭序」の形式や『詩経《しきょう》』や『文選《もんぜん》』などの表現を踏まえつつ、梅花の宴の趣旨が述べられています。

２０１９年5月１日付け産経新聞夕刊記事「井上さやか指導研究員（奈良県立万葉文化館）」より

ところで、万葉集には天皇をはじめとして皇族、貴族、官吏《かんり》、僧侶、農民、芸能者、遊行女婦《うかれめ》など幅広い層の歌が収められ、その数約４５００首（約４５０人）、全20巻におよんでいる。

本格的な万葉の時代の幕開けは、舒明《じょめい》天皇（在位629〜641）の時代から最も新しいのは759年（天平宝字3年）の作品まで、この間約130年が万葉の時代と言われている。内容的には、男女の恋の歌、美しい自然への賛歌、旅中にあって感じる寂寥《せきりょう》、日々の生活模様、家族への愛、人の死、栄枯盛衰への思い等々、さまざまな物語が約4500首のそれぞれの歌に込められている。

万葉集の個々の歌が持つ、日本人の感情の豊かさ、日本語の美しい響きに魅せられるのは私だけでないであろう。

まずは、私の備忘録に残る万葉歌と私なりの物語について記載する。

2. 万葉集と琵琶湖

1. 大津宮・天智天皇と万葉集

今年（令和元年、2019年）は、天智《てんじ》天皇が西暦667年に飛鳥から近江大津宮《おおつのみや》に都を遷されてから1352年となる。現在の滋賀県大津市の発展の原点が大津宮遷都に始まる。

私の住む雄琴から約10km南、近江神宮近くの大津市錦織《にしこおり》地区一帯が大津宮跡地であることが今から41年前の昭和53年に明らかになっている。昭和53年は、奇しくも私が社会人1年生として琵琶湖開発事業に携わった年で、近江神宮近くにあった当時の水資源開発公団の独身寮から大津市役所横の建設事務所までの通勤途中の地が、まさに大津宮跡地そのものであった。今ここに１３５０年の時を超えて歴史的史実を改めて認識して、極めて感慨深いものがある。

天智天皇は、若干20歳での大化の改新を断行して以来、律令制度による中央集権国家確立に向けて改革を主導するとともに、土木事業に指南車（磁石）、水はかり（水準器）を用いるなど、また製鉄や石油採掘による産業振興など科学技術を駆使した最新の大津宮を建設したことが日本書紀からうかがえる。

飛鳥から近江大津宮への遷都は、唐・新羅《しらぎ》の連合軍による我が国への侵略に備えるための天智天皇の英断であったように思われる。

くわえて、天智天皇は、皇太子時代の６６０年に初めて漏刻《ろうこく》（水時計）を作っている。漏刻の設置による時刻制度の創設は、人々に時を知らせ仕事や生活を効率化させるという一種の近代化をもなしえたものである。

天智天皇の御製《ぎょせい》もいくつか万葉集に載っているようであるが、ここでは漏刻に関する詠み人知らずの歌と当時の漏刻について紹介する。

時守の打ち鳴らす鼓数《よ》み見れば時にはなりぬ逢はなくも怪し

作者未詳　巻十一　二六四一

また、672年に、天智天皇が近江大津宮にて崩御して「壬申の乱」が起こった後、荒都となった大津宮跡を嘆く有名な柿本人麻呂《かきのもとのひとまろ》の歌が以下である。

淡海《あふみ》の海夕波千鳥汝《な》が鳴けば情《こころ》もしのに古《いにしえ》思ほゆ

柿本人麻呂　巻三　二六六

※近江神宮…天智天皇が飛鳥から近江の大津に遷都した由緒に因み、紀元2600年の佳節にあたる1940年（昭和15）の11月7日、同天皇を祭神として創祀された。

※漏刻…時間の経過とともに容器内の水位を常に一定に上昇させて、時間を測る装置である。このため、水槽を階段状に4段ないし5段に並べ、この最下段の水槽には時を測るため、一定間隔に刻みをつけた浮箭《ふせん》が取り付けてあり、水位が上がるにし

たがって浮箭も上昇してくる仕組みである。最下段に注ぐ水の量が常に一定になるよう、サイフォンなどを利用して行われたようである。

また、日本書紀によると、660年「皇太子、初めて漏剋を造る。民をして時をしらしむ」とある。さらに、671年天智天皇10年4月25日「漏剋を新しき台《うてな》に置く。はじめて候時《とき》を打つ。鐘鼓を動《とどろか》す。始めて漏剋を用ゐる。此の漏剋は、天皇の、皇太子に為《まし》すときに、はじめて親《みづか》ら製造《つく》れる所なりと、云々」

上記の4月25日は、グレゴリオ暦で6月10日になるので、大正時代にこの日を「時の記念日」と制定している。

2.「志賀」の枕言葉の「さざなみ」

「さざなみ」について、以下の白洲《しらす》正子の文章にてその解説に替えることとする。

「さざなみ」は後に「楽浪」と書いて、「志賀」の枕言葉に転じ、多くのすぐれた歌を生んだ。楽浪の都に想いを馳せた人々の心情がうかがえるが、美しい風景が言葉を生み、その言葉が重なって道行きの歌唱を作り、道行きがおのずから美女をたたえる相聞《そうもん》の歌となる。自然と言葉と人間がとけ合って、一体と化すのが日本の文学の姿であった。

『近江山河抄』白洲正子（講談社文芸文庫、1994年）より

さざなみの志賀の唐崎幸《さき》くあれど大宮人の船待ちかねつ

柿本人麻呂　巻一　三十

【口語訳】

志賀の唐崎という地は、昔とかわらないままであるが、（昔ここを行き来したであろう）大宮人の船にはもう出会えなくなってしまった。

さざなみの比良山風の海吹けば釣する海人《あま》の袖反《そでかえ》る見ゆ

作者未詳　巻九　一七一五

ちなみに、水資源機構琵琶湖開発総合管理所が管理する南湖の雄琴《おごと》沖自動観測所での波高データによると、南湖での月平均波高は5cm前後、月最大波高は50cm前後である。

３．万葉集と琵琶湖開発事業

１．万葉歌「志賀津の浦の……」

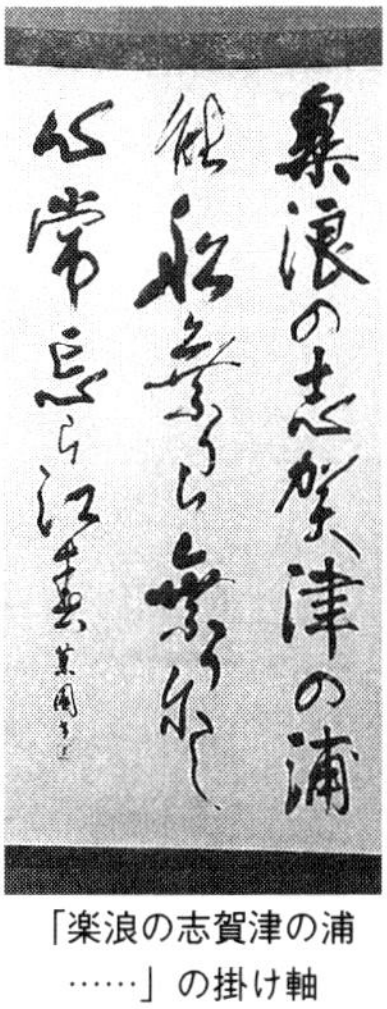
「楽浪の志賀津の浦……」の掛け軸

時節で述べる水資源開発公団が行った琵琶湖開発事業に携わった職員のうち、滋賀県在住者を主たる構成員としてびわ湖に関しての勉強会や技術伝承会を目的とした「志賀《しがの》津《つ》会」と称したＯＢ会がある。

当会は、琵琶湖開発事業に従事した面々（船乗り）の気持ちを代弁しているとの思いで、琵琶湖開発事業の最終仕上げにご尽力された最後の琵琶湖開発事業建設部長の永末博幸氏が、下記の万葉歌より命名された会で、「志賀津」を「しがのつ」と読ませている。

楽浪の志賀津の浦の船乗りに乗りにし心常忘らえず

作者未詳　巻七　一三九八

右に掲載した写真は、永末博幸氏が建設省に奉職なさっていた時代に書道の会の会長であられた関根薫園《くんえん》先生にお願いして書いていただいた本歌の掛け軸である。

2．琵琶湖開発事業と3度の土木学会技術賞

琵琶湖総合開発計画は、琵琶湖の水質や恵まれた自然環境を守るための「保全対策」と、先の「治水対策」「利水対策」の3つの柱で構成され、国、地方公共団体が実施する下水道、治山・砂防、し尿処理等の「地域開発事業」と水資源開発公団（現水資源機構）が行う「琵琶湖開発事業」により、事業相互の調整を図りながら進められた。

両事業は、昭和48年度から始まり平成8年度に集結した琵琶湖総合開発事業より5年早く竣工させた琵琶湖開発事業は、平成3年度までの20年の工期と総事業費約3513億円を要した近畿圏の大プロジェクトであった。事業終盤は年間予算200億円超の執行に、先の永末博幸氏の陣頭指揮のもと職員数（船乗り）100名を超えるチームワークで集結に結びつけたものである。

ところで、琵琶湖開発事業は平成3年度の竣工後から管理業務を遂行した平成30年までの間に、土木学会技術賞を3度受賞している。

1度目は、琵琶湖開発事業の建設部門（平成4年度）、2度目は管理業務に入ってから

の琵琶湖開発施設である内水排除施設の操作部門（平成25年度）、そして3度目はＩＣＴ（情報通信技術）の導入によるi-Construction & Managementとしての管理部門（平成29年度）である。

3度にわたる土木学会技術賞受賞の偉業は、建設事業と（昭和53～54年）と初期の管理業務（平成5～7年）に携わった筆者として大いに誇りとするところであり、後輩諸君の日々の管理業務への熱意と努力に敬意を表したい。

4. 私にとっての万葉集

1. 柿本人麻呂

私にとって万葉集と言えば、次の歌聖・柿本人麻呂の1首に尽きる。

ひんがしの野にかぎろひの立つ見えてかへりみすれば月かたぶきぬ

この歌が、いつどこで詠まれたのかを私が初めて知ったのは、今から15年前の2004年（平成16）である。当時の備忘録には以下のように記述している。

天文学の専門家によって、人麻呂が詠んだこの歌の日時は、旧暦の11月17日午前5時50分頃、場所は奈良県宇陀《うだ》郡大宇陀《おおうだ》町（現、宇陀市）ということがわかり、旧暦の11月17日は、新暦で2004年では12月28日だそうである。

それは、奇しくも私が居を構える大津市雄琴の2004年12月28日午前7時前後であった。家を出て雄琴駅に向かう途中、右手方向にすぐ目に飛び込んできたのが西に沈む前の真っ白な満月であり、東を見れば琵琶湖面の向こう近江富士（三上《みかみ》山）から昇る素晴らしい日の出の光景だった。太陽と地球そして月が一直線になったのである。左の写真は、年は異なるが、昨年2018年12月26日の我が家の前で、隣家の窓に反射する太陽と月齢18・8の月である。

我が家の前で見た
太陽と地球と月の一直線

ところで、古語辞典他によると「かぎろひ」とは、「①東の空に見える明け方の光（曙光）①かげろう（陽炎）に同じ」とある。また、気象現象の「かげろう（陽炎）」の定義として、局所的に密度の異なる大気が混ざり合うことで光が屈折し起こる現象とある。

私はかねてより人麻呂の歌の「かぎろひ」は、「朝陽があたることで密度が異なる大気、すなわち水蒸気が混ざり合うことで光が屈折する現象（ゆらゆらとしたものが野から立つ）」を詠んだものと、自らの体験から、つまり①ではなく②と解釈してきた。

水技術者としてかぎろひという水蒸気にこだわってきた。水蒸気と言ってしまった瞬間に文化の香りが飛んでしまうのでやはり「かぎろひ」なのである。

ところで、この歌は後に文武《もんむ》天皇（42代、６９７～７０７年）になる軽皇子《かるのみこ》が10歳のころ、阿騎野《あきの》（奈良県宇陀市）の地で遊猟が行われ時に、同行した人麿呂が皆と野宿した翌朝に詠んだものである。

阿騎野は軽皇子の父である草壁皇子《くさかべのみこ》もかつて訪れた思い出の地である。この時代の遊猟は、子供から大人になるための成人式儀礼の意味ももっていたとのことである。
「狩の主人公である軽皇子は、天武天皇（40代、６７３～６８６）、持統《じとう》天皇（41代、６９０～６９７）がその即位を願ったものの果しえず夭逝した草壁皇子の遺児である。夜明けとともに新生する太陽、その日の出を見守りつつ西の空に沈んでいく月との対比は、草壁から軽皇子に受け継がれる人々の期待を象徴する光景と言えよう」と解説にある。

私が柿本人麻呂のこの和歌についてかねてから思うことであるが、この１首だけで、古文・万葉集・短歌という国語を、天文学・気象学・水という理科を、日本史・地理という社会を、そして4次元宇宙の距離と時間で数学（算数）を、それぞれ中高生たちに篤く話すことができる。わずか31文字にて、宇宙万有の智を学ぶことができ、国語、算数、理科、社会という総合教科（科学）の感動を物語ることができる素晴らしい教材と言えるのではないだろうか。

宇宙と一体化する自分を体得できる名歌である。

2．山上憶良の「貧窮問答歌」

私にとって「万葉集」に関して初めての記憶は、高校時代の古典で教わった、斎藤茂吉の「万葉秀歌」と山上憶良《やまのうえのおくら》の「貧窮問答歌《ひんきゅうもんどうか》」である。まずは、今でも記憶に残る山上憶良の一首を記載する。

銀《しろかね》も　金《くがね》も玉も何せむに　優《まさ》れる宝　子にしかめやも

いつの時代も我が子を思う親の気持ちは変わらず、万葉の昔から家族が子供を中心に回っていることを感じ、当時の一高校生にも強く印象に残った歌である。

次に、今でも祖母の声とともに記憶が蘇る「貧窮問答歌」の一部分を抜粋掲載する。

竈《かまど》には　火気《ほけ》ふき立てず　甑《こしき》には　蜘蛛《くも》の巣懸《か》きて　飯炊《いひかし》く　事も忘れて……
（かまどには火をつけることもなく、飯を蒸す道具には蜘蛛の巣が掛かって飯を炊くことも忘れ）

初めてこの歌に触れた時、「飯炊《いいかし》く」というフレーズが強烈に印象に残った。と言うのも、私が20代後半に88歳で亡くなった和歌山南紀の日置《ひき》川育ちの母方の祖母が、私が子供の頃から台所仕事のことをしきりと「かしき（炊）」と言っていたからである。炊飯器の「すい」、米を炊くの「たく」という言い方がほとんどで、「炊《かし》く」なる古語読みが、昨今ほとんど死語となっているのが残念かつ寂しく思う。

5．「令和」は新しい文化を醸成する時代

1．安倍首相の「令和」への想い

安部首相は「令和」決定後の４月１日正午過ぎに記者会見で首相談話を発表し、新元号に「人々が美しく心寄せ合う中で文化が生まれ育つ」との意味を込めたことなどを説

明した。

2. 青山士の「文化技術」

第23代土木学会長の青山士《あおやまあきら》は、昭和11年（1936）の会長講演「社会の進歩発展と文化技術」（The Civil Engineering in Developing Social Civilization）において、文化技術（Civil Engineering）と社会国家の進歩発展との関係を歴史に徴して明らかにしている。

10年以上前に、高崎哲郎氏の『評伝　技師・青山士の生涯』（講談社、1994年）にてこのことを初めて知った時には、70年近くも前にシビルエンジニアリングを土木技術ではなく、その本質を真摯に問うた対訳として「文化技術」なる言葉を創出した青山の卓見に深く感動した。

安倍首相が、新元号に「人々が美しく心寄せ合う中で文化が生まれ育つ」との意味を込めたように、私たち技術者一人ひとりが目指す技術成果の根底に、文化の香りが漂う技術を行うことが、これからの「令和」の時代、さらに21世紀の技術者の使命かと考える。

6. おわりに
―華開いて世界起こる―

21世紀は「水の時代」「心の時代」と言われて久しい。前節までは、筆者が長年携わってきた「水」の観点から、新元号の令和にちなみ、水に関わる万葉歌と水資源開発として近畿のビッグプロジェクトである琵琶湖開発にまつわる話を紹介した。

ここでは、最後に「心」に関連して、唐突ではあるが禅に関わる話で本章の結びとしたい。

私の家の菩提寺は、和歌山県西牟婁《にしむろ》郡白浜町堅田《かたた》にある聖福寺《しょうふくじ》という臨済宗妙心寺派のお寺である。亡き父の法事等で聖福寺の二代の和尚さんにお世話になる中で、50歳を過ぎた頃からであろうか、仏の教えとりわけ禅語に学ぶことを日々常としてきた。

臨済宗の中興の祖の白隠禅師《はくいんぜんじ》にも興味を持ち、３年前には「駿河には過ぎたるもの二つあり 富士のお山に原の白隠」の言葉に誘われて、駿河のＪＲ原《はら》駅を降りて白隠の眠る松蔭寺《しょういんじ》にまで足を運んだ。

さて、本論に戻ることとする。今年になって、禅の初祖の達磨大師に関わる「華開いて世界起こる」という禅語を臨済宗円覚寺派管長の横田南嶺さんから教わった。「そこに華が開くことによって、今まで華のなかった世界から、華が咲いた新しい世界が現れたと説くのだ。この華とはお互いの心にほかならない。私たちは新しい時代を切り開こうという一念によってこそ、新しい世界が起こるのである。

「華厳《けごん》」とは「華で美しく飾る」という意味である。この世界に私たちの心によって華を咲かせようという教えだ。華が咲くことによって新しい世界が起こるのである。」

新しい令和時代の幕開けとともに、「水」に関しての世界的エキスパートの新天皇の元で、私たち一人ひとりの努力で「文化の香りが華開き心に響く」技術の世界を追求したいものです。

まずは、2020年来年の東京オリンピック開催時に日本国、日本国民あげて、「おいしい水」「美しい水風景」そして「日本の和の心」で世界の人々をおもてなしできればと思う次第である。

現在、琵琶湖周辺や近畿圏内では、稲が豊に実り頭を垂れており、そこかしこで稲刈りが始まっている。下記万葉歌を紹介して、本稿の筆を置くことにする。

秋の田の穂の上に置ける白露の消ぬべくも我《わ》は思ほゆるかも

令和元年九月十日　白露の候
琵琶湖畔にて　原　稔明

参考図書等

1．産経新聞夕刊、２０１９年5月1日
2．林博通『大津京と万葉集―天智天皇と額田王の時代』新樹社（２０１５年）
3．坂本勝監修『図説 地図とあらすじでわかる万葉集』青春新書（２００９年）
4．「ＩＣＴを活用した職員支援システムの導入効果とさらなる活用」水資源機構、平成30年度技術研究発表会
5．原稔明「空海に学ぶ築土構木の原点―対話と体得―」『ダム技術』３７９号（２０１８年）
6．原稔明「万葉集と令和、そして新天皇陛下のライフワーク「水」」『ダム技術』３９９号（２０１９年）
7．横田南嶺「華開いて世界が起こる」『致知』２０１９年7月号

第8章

シンクロニシティーとセレンディピティー

1．スーパームーンと「月の魔力」

1．スーパームーン

昨年の1月21日の東京出張を終えて大津に帰宅したのは、19時頃であった。玄関前で東の空から昇るひときわ大きく輝く満月に魅了され、しばらく立ち止まりその美しさに見とれていた。

２０１９年（平成31）の最初の満月は1月21日のいわゆるスーパームーンであった。

スーパームーンとは、もともと天文学の用語ではなく占星術の用語とのことであり、この言葉を広めたＮＡＳＡの研究所の一つであるジェット推進研究所のサイトでは、地球と月との距離が近い時に満月になると、平均的な満月よりも大きく、そして明るく見えるため、これをスーパームーンと呼ぶとしている。ＮＡＳＡのサイトでも、概ね月と地球の距離が36万km以内の満月をスーパームーンとしているとのことであり、この時の地球と月との距離は、約35万７７００kmで、スーパームーンの満月は、1年で最も小さい満月に比べて、約14％大きく、最大で約30％明るく見えると言われている。この現象は、月が地球の周りを回る軌道が楕円形で、月と地球の距離が変化しているためであり、ちなみに両者が最も遠くなる距離は、約40万kmである。ただぴったり一直線になってしまうと、月食になってしまう。

前項で紹介した柿本人麻呂が詠んだ「ひんがしの野に……」なる歌は、地球から見たときの東に上る太陽と地球と西に沈む月が一直線になった時であり、１月21日に私が見たスーパームーンは、東に上る月と地球と太陽がすでに西に沈んでしまった瞬間であった。

2.「月の魔力」

『月の魔力』（東京書籍、１９８４年）は、作者がＡ・Ｌ・リーバーで原著名「THE LUNAR EFFECT」を、藤原正彦・美子夫妻が書名を「月の魔力」と訳して出版されたものである。

私が、月の動きと生命現象の不思議に気づかされたのは、先に述べた長良川河口堰のモニタリング業務に携わってからである。月の動きに起因する潮汐《ちょうせき》現象とアユの遡上になんらかの因果関係があるのではないかとの素朴な疑問に端を発して以来、月の動きが数々の自然現象、生命現象を支配していることを知り、驚きを禁じ得なかった。

当時、購入したのが本書である。先のスーパームーンについてのメモを作成するにあたり、昔に読んだ「THE LUNAR EFFECT」をふと思い出して、押し入れの書棚から引っ張り出してきて思わず驚嘆であった。

〝何たる偶然か!!『国家の品格』の著者と『月の魔力』の訳者がいずれも数学者・藤原正彦氏ではないか〟、二十数年を経ての発見・気付きであった。

以下に、私が当時本書中に赤線を引いた部分が一番多かった章は、第4章「月と自然サイクル」、第6章「月と地球の物理学」、第9章「バイオタイド理論」であり、その赤線部を以下に少し抜粋記載する。

①天体サイクルに共鳴する生物……カキは、満潮になると殻を開くことが知られている。カキは月の引力を直接感じ取ったに相違ない、月があらゆる生体を取り囲む電磁場に変化をもたらすからだ

②生殖サイクルと月……人間の妊娠期間はぴったり、月齢の9か月265・8日であった

③〝生物コンパス〟の狂いと地場の乱れ……生体は、確実に磁気コンパスを持っている

ところで、私が当時購入した本書には、１９８４年７月４日第１刷発行、１９９５年５月13日第23刷発行とある。私が、長良川河口堰のモニタリング業務に携わったのが、１９９５年８月から１９９７年９月の間の約３年であることからも第23刷発行直後に購入したと思われる。

余談になるが、第23刷発行日の１９９５年５月13日は、先に述べた琵琶湖での５月の大雨を体験した奇しく私の43歳の誕生日であった。藤原氏は本書の巻末に「出産における月のリズム」と題しての、原因に関する仮説と天体力モデル（引力と遠心力）と数学的解析にて興味深い自らの研究報告を掲載し「出産に関して月のリズムがはっきり認められた」と記述している。

ネット検索からの満月カレンダーによると、私が和歌山県西牟婁郡日置川町（現、白浜町）玉伝《たまで》で産声を上げた日の１９５２年５月13日の月齢は18・８とあった。「出産のピークが満月の３日後」という藤原仮説にぴったりなのは、これも偶然だろうか？

再版発行日が、私の誕生日５月13日という同じである本書との出会いに不思議な「シンクロニシティー」感じるところである。

第5章で紹介し、270万部突破の大ベストセラーとなった『国家の品格』の著者の藤原正彦氏は本来数学者である。別の著書『国家と教養』では、「教養」とは「直感力」「大局観」を与える力であるとし、数学者らしい独創的視点で現在に相応しい教養のあり方をも提言してくれている。

2. シンクロニシティーとセレンディピティー

「シンクロニシティー」(synchronicity)とは、ユングの提唱した言葉で、日本語では「共時性」と訳され、「意味ある偶然の一致」と定義される。

私的なことになるが、我が家では私と息子が同じ辰年生まれ(昭和27年と昭和63年)、妻と娘が同じ子《ね》年生まれ(昭和35年と昭和59年)で、また誕生日が、私が5月13日、妻が2月13日、長女が1月31日、長男が10月31日生まれの、同じ13日と31日であり、さらに、私の誕生日の5月13日と妻の誕生日2月13日をたした7月26日(昭和58年)は仲人が決めた二人の結納日で、このことは後日気がつきやはり偶然の一致に驚いた。かねがねこれらを「我が家のシンクロニシティー」と言ってきたこともあり、自然と「シンクロニシティー」現象に関心を持ってきたところである。

そこで、本書を概ね書き上げたところで、ややこじつけ独断的ではあるがいくつかの「私のシンクロニシティー」を列挙してみたい。

1. 南方熊楠がロンドンに到着したちょうど１００年後の１９９２年に、ロンドンに当時の熊楠の下宿を訪問。［1章４節］

2. 平成7年3月19日から26日のネパール出張にて、水資源開発公団関西支社の元調査課長の岩切哲章さん、建設省大戸川ダム工事務所の元所長の川崎秀明さんとカトマンズで再会。［2章1節］

3. 平成7年7月28日午前6時少し前に、入院中の私が病院を抜け出して近くの長等公園のお不動産前で16年ぶりに「長谷川甚吉」さんと再会。［2章2節］

4. 近年愛読した『国家の品格』『祖国とは国語』等の著者である藤原正彦氏が、平成7年当時に購入していた『月の魔力』の翻訳者であったこと、その再版発行日が私の誕生日と同じ5月13日であったことに24年後に気づく。［8章1節］

一方、「セレンディピティー」(Serendipity) とは、「予想外のもの発見すること」、「偶然からモノを見つけだす能力」、「自分にもたらされた幸運に気づく能力」等と定義されている。右に述べたいくつかのシンクロニシティー現象に遭遇できたことは、「偶然からモノを見つけだす能力」や「偶然を必然としてキャッチする能力」が、知らぬまに培われたからかと思うところであり、また自分と自分の周りにもたらされた幸運に感謝することがこのところ増えているように感じている。

これも、本書の冒頭に述べたように私の少年期に培った感性が、その後の幾多の体験を積み重ねてより共振増幅したお陰ではないかと漠然と思うところである。

3.「量子真空」と「ゼロ・ポイント・フィールド」仮説

本書の原稿を執筆し始めた今年になって、「文藝春秋」の中に田坂広志《ひろし》著の『運気を磨く』なる新書版が刊行されている案内を偶然見つけ、このところ「運気」なる言葉に関心を持っていたので、そのタイトルに引かれてすぐさま購入した。さらにその後、同氏の最新発行の新書『直感を磨く』も書店で見つけタイトルに引かれやはり即購入した。田坂広志氏の著書は、10年以上前から書店で見つけるたびに愛読してきており、本書で氏が言う「引き寄せの法則」に私もどこか導かれて、氏の考え等に共鳴するところ多く、これまでに氏の書籍を10冊近く拝読させていただいている。

前書は「最先端量子力学が解き明かす運気の本質」、後書は「直感と論理が融合した最高の思考力が生まれる」なる注釈のとおり、大変興味深く内容豊かで両書ともに一気読みであった。

本書の執筆が佳境に入った今年２月になって、『運気を磨く』『直感を磨く』の両書との出会いもまさに私のシンクロニシティー現象である。両書の内容には、多くの共鳴点を確認した。そのうちのいくつかを以下に紹介する。まずは田坂氏の『運気を磨く』の中からの文章を表記して、その後に私のコメントを記載する。

①「引き寄せの法則」

「我々の「心の状態」が、その心と共鳴するものを「引き寄せる」」とあり、先に述べたとおりである。

②「量子真空」と「ゼロ・ポイント・フィールド」仮説

量子真空は、その中に、この壮大な宇宙を生み出すほどの膨大なエネルギーを宿しているが、この量子真空の中に「ゼロ・ポイント・フィールド」と呼ばれる場が存在し、その場に、この宇宙の過去、現在、未来のすべての出来事が、「波動」として「ホログラム的構造」で記録されているという仮説が、現在、注目されているのである。

この「ゼロ・ポイント・フィールド」仮説と言う語は、田坂広志氏の書にて今回初めて知ったのであるが、私は平成7年夏の入院生活の時に、デビッド・ボームの「暗在系では、宇宙のすべての物質、精神、時間が畳み込まれており分割できない。我々が観測する宇宙の秩序、時間、空間などの明在系は、暗在系の一つの写影である」とする「ホログラフィー宇宙モデル」に、天下伺郎氏の著書『ここまで来た「あの世」の科学』にてすでに遭遇していた。これらはほぼ同一のモデル・仮説かと思う。[2章1節]

自らの体験から振り返ると、第3章の冒頭で述べた「未来予測」の不思議な夢を見たのは、このゼロ・ポイント・フィールドの世界に迷い込んだ結果かと変に納得している。

また、これまでに紹介した南方熊楠や万能の天才である空海は、このゼロ・ポイント・

フィールドの世界と通信できる直感・周波数を会得していたのではないかと推測する。

③最先端科学との知見と最古の宗教の直感の一致

最先端の科学の「この宇宙は光子（フォトン）で満たされている」という量子力学がいき着いた知見が、般若心経にある「色即是空　空即是色」、また旧約聖書の中に「神は光あれと言われた」とあり、その後、「最先端科学との知見」と「最古の宗教の直感」の間に起こっている不思議な一致に気がつく。

さらに、田坂広志氏は『直感を磨く』の中で、空海の著書『声字実相義』にある『五大にみな響きあり』を紹介し、この言葉は「世界のすべてはリズムである」といった意味で、空海の多彩な能力の秘密が「響きを持つ真言（マントラ）にある」とも言えると述べている。この『五大にみな響きあり』に関連して、私が本書の6章5節「科学と宗教の融合」にて書いた一部分を以下に再掲する。

「五大」とは、地・水・火・風・空であり、つまり森羅万象というか自然、地球、宇宙を構成する根本を意味する。「響き有り」とは、物理学的に言うと波動、波である事を意味する。私の拙い物理学の知識では、「物質を構成する粒子である電子は波動性をもつ」ということを表した「シュレディンガーの波動方程式」や「すべての物質や宇宙を作っている要素は、粒でなく振動するひも(弦)である」とする「超ひも理論」などが思いあたる。

つまり、「五大にみな響き有り」とは『宇宙の根本は波動である』ということであり、まさに現在物理学が行き着いた根本原理を空海は遙か千二百年前にすでに言い当てていた、と筆者の独善的解釈である。

田坂広志氏の前記の下りを読んだ瞬間、「五大にみな響き有り」を私と同一解釈をしていることに大きな驚きを感じるとともに自らの直感に意を強くしたところである。

④「フォトグラフィク・メモリー」

また、田坂広志氏は『直感を磨く』の中で、「世の中には「フォトグラフィック・メモリー」と呼ばれるような人もいる。これは、文字どおり、一度見た光景や情景を、あたかも写真(フォトグラフ)が記録しているように、正確に記憶している人のことである。天才と呼ばれる人々は、まさに、人並はずれた「鋭い直感力」と「膨大な記憶力」を発揮している」と言っている。

「フォトグラフィク・メモリー」で思い当たることは、第1章で紹介した南方熊楠の異能ぶりである。彼の悩みは、一度覚えたことが忘れられないことであったとのこと。以下に第1章での熊楠に関しての引用部分を一部再掲する。

わが国最初の百科事典ともいう全漢文の『和漢三才図絵』の105巻や明（中国）の植物学大事典『本草網目』52巻などを毎日、数ページ分を暗記し、家に帰って筆写して、数年がかりで膨大な写本図書館をつくりあげている。

⑤幸運は、「不幸な出来事」の姿をしてやってくる

「幸運に導かれる」とき、それは、しばしば、「不運に見える出来事」の姿をして、やってくる。「不運」に見えることが起こった時も、「運が良かった」ことに気がつくべき。

第2章で、平成7年夏の私の入院生活は、禍転じて結果的には福に転じたようだと書いたように、河合隼雄氏から「創造の病」ということを教えられたこと、またこれまでの「理性」のみで日々の仕事に没頭した生活から離れた「暗在系」の生活の中で多くのことに気づかされ、また大げさな言い方をすれば人生観が変わる分岐点となった。今振り返れば顔面神経麻痺治療のための17日間の入院生活という不運な出来事から「私の幸

運」が始まったように思えるのである。

⑥「三つの感」の言葉を使うと「良い運気」を引き寄せる

第一「感嘆」の言葉　第二「感謝」の言葉　第三「感動」の言葉

第一の「感嘆」の言葉とは、誰かの良いところを褒める言葉のことである。相手の良いところ、素晴らしいところを感じたら、ただ、無条件に、本気で、心の底から「褒める」ということである。ただ、自然に感嘆の言葉が口に衝いて出ることに他ならない。

第二の「感謝」の言葉とは、心から「有り難い」と思って語ることばである。誰か他人から親切にされたとき、心を込め、思いを込めて「有り難うございます」と語ることである。

第三の「感動」の言葉とは、素晴らしい自然などに触れたとき、その感動を表現することばである。例えば、「素晴らしい星空だ！」「爽やかな風だ！」「最高の夕焼けだ！」といった言葉である。

私が、かれこれ10年近く前から事あるたびに口にしているのが、「感動・感激・感謝」であり、大阪府豊能《とよの》郡能勢《のせ》町在住の画家の安食《あじき》慎太郎さんがこの言葉を絵画にされている。この絵画をいただいて以来、この「感動・感激・感謝」は我が家の玄関を入った真正面の階段踊り場に鎮座しており、毎日のように無意識に私の眼に入っている。

「三つの感」のうち、私は「感謝」はできるだけ多く方に「有り難うございます」なる言葉にて挨拶代わりに語りかけ、またメール文の冒頭は「……して頂き有り難うございます。」で始まり、感謝の気持ちを伝えることに日々心がけている。

〝感謝がすべてのモチベーション〟は、私の崇拝する西堀栄三郎氏が監修した「西堀カルタ」にある言葉で、また、〝「ありがとう」「感謝します」はツキを呼ぶ魔法の言葉〟は五日市《いつかいち》剛《つよし》氏の言葉、相田《あいだ》みつをさんの〝ありがとう〟、他にも多くの方々が「感謝（有り難う）」なる言葉の不思議な力とその重要性を指摘されている。

本書をここに上梓できるのも最後の謝辞に述べた方々はもちろん、人生緑寿越えの齢を重ねるなか今日までにお出会いしたすべての方々のお陰である。

〝縁尋奇妙　多逢聖因〟〝感謝〟

おわりに──技術者は森羅万象、微分積分──

最後に、技術〈理性〉と文化〈感性〉についてまとめて本書の結びとしたい。

まず、私が40年間の技術者生活から学んだことを簡単にまとめれば、以下の三つのフレーズで表現できる。

①現場《げんば》にて　技術力《ぎじゅつ》と人間力《にんげん》　融合す

技術者は、足繁く現場に通い、自然と地域の人々の対話にて技術力と人間力の両輪を鍛錬《たんれん》して、自信と矜持《きょうじ》を有した総合人間を目指す。

②大自然への　畏敬と感謝　技術屋魂

技術者は、自然への畏敬の念と生きとし生けるものへの感謝の心を忘れることなく、謙虚な姿勢、真摯《しんし》な態度で日々の仕事に励み、技術の感動を体得する。

③技術屋は　森羅万象　微分積分

技術者は、森羅万象に対してミクロな視点で現象を研究分析する一方で、マクロ的視点つまりの全体的視点かつ長期的視点で現象を捉えることに努めなければならない。

感性については、第5章2節「大衆の側に身を置いた「河川整備計画」を」の中で、理性、論理の対の言葉として、感性、情緒、直感等の重要性を指摘する何人かの識者の見解を紹介した。

ここに、5章2節で私が述べた感性についての記述を再掲する。

20世紀後半から現在に至るここ約50年は、私たちは「理性」「論理」「客観」「頭脳」といった価値観を知らず知らずのうちに優先、否偏重してきたのではないだろうか。晴耕雨読、文武両道、知行合一といった言葉の重みを今一度思い起こす必要がある。自然の中で働き、身体能力を蘇らせたうえで頭脳を鍛えることで身体と頭脳の両者のバランスをとることを多くの先哲が教えてくれていたはずである。

ここ半世紀中に蔓延したいわゆる学歴主義、左脳優先主義のアカデミズム偏重の考え方をいかに早くどこまで捨てられるか。逆に、これからの21世紀は、「感性」「感覚」「情緒」「直感」等の価値観をこれまで以上に重視することが求められている時代だと確信する。

ところで、理性は主に左脳によって事象を細分化して分析かつ情報を処理していくことである。一方、感性は、右脳感覚にて事象を包括的、全体的に捉えまた情報を編集していく能力である。また、理性と感性は、スキル&マインド、さらに広い意味でサイエンス&アートと言ってよいかもしれない。さらに数学的表現をすれば、理性が微分、感性が積分となる。

これまでの土木技術者として研鑽してきた理性としての拙い「技術」を礎に、感性にて培ってきた自分なりの拙い「文化」を融合できればとの思いで、「技術と文化の融合を求めて」を本書「感性のときめき」の副題としたことは冒頭で述べた。

また、21世紀は「水の時代」に加えて「心の時代」と先に述べたが、心の時代はすなわち「感性の時代」と置き換えられる。

理性にはどこか冷たさを感じる響きがある一方、感性、文化には温かさ、楽しさ、明るさが内在している。温かいこと、楽しいことは、理屈を超えて心に響いてくる。7章5節で紹介した青山士が、「Civil Engineering」を「文化技術」と訳した卓見に改めて敬服する。現在、私は緑寿越えのシニア技術者ではあるが、技術（理性）と文化（感性）の融合を求めて、引き続き文化の香りが漂い人々に感動を与えられる文化技術を希求してゆきたい。

謝辞

小学1年生の9月に、奇しくも伊勢湾台風に遭遇したことや文字どおりの海、山そして川の自然のまっただ中で、ありとあらゆる遊びに挑戦できたことで、幾ばくかの感性を磨くことができたように思う。私の人生の原点となった海山町相賀の町に感謝します。

社会人となり土木技術者として数々の仕事に携わる中で、とりわけ先に述べた琵琶湖大渇水時には大自然の遠大な営みを目の当たりにしてカルチャーショックを受けるとともに、多くの方々の支援のお陰で達成感のある仕事をさせていただいた。

またネパール、カナダへの海外出張時には、思わぬ方々との出会いを含めて、日本国内にいては得られない時空を超えた多くの啓示を得ることができたように思う。

そして、長良川河口堰に関わった3年間は、土木技術者として魚の生態等の知識を持ち合わせない私にとって、魚類の遡上・降下調査を通して、当時の環境調査会社であるS社のI部長、Wさんたちから多くのご教示をいただいた。川と海を行き来する回遊魚たちの生き様から、少しだけ自然というものがわかったような気がした。

さらに長良川を知り尽くした川漁師の大橋亮一さん兄弟、真の百姓の西邑孝太郎さんをはじめとして、自然人として本物体験をした多くの方々にお会いして、真に迫るお話を聞く貴重な機会を得た。改めて皆さまに感謝申し上げます。

そして、いつも温かく仕事ぶりと執筆を見守ってくれる家族に感謝します。

最後に、この世に生を受けた最初の幸運に次ぐ第二の幸運に恵まれた海山町相賀での生活へと導いてくれた父の運気と、その相賀の町にて私の感性発露の源となった大工のまねごとや、陸や舟上からの魚釣りの面白さを背中で教えてくれた今は亡き父に感謝します。大正15年生まれの父寅七が58歳でこの世を去って、今年で早37年となる。父が亡くなった歳から10年の齢《よわい》を重ねた今になって、ようやく父の存在に感謝している自分がいる。

霧の中を行けば　覚えざるに衣しめる

よき人に近づけば　覚えざるに　よき人となるなり

道元

よき自然人に近づけば　覚えざるに　よき自然人となるなり

技術者は　森羅万象　微分積分

令和2年2月29日

原　稔　明

防波堤で父とバリコ釣り

■著者略歴

原　稔明（はら としあき）

1952年５月13日和歌山県生まれ。1971年滋賀県立膳所高校卒、1976年京都大学工学部卒、1978年京都大学大学院修了。

著書『技術は人なり心なり』（サンライズ出版）。共著として、『水辺の環境調査』（技報堂）、『最新・魚道の設計』（信山社サイテック）、『新刊・多目的ダムの建設』（技報堂）、『日本発モノづくり―若い人たちに期待したいこと』（晃光書房）ほか。

2007年から2013年まで独立行政法人水資源機構関西支社長を務め、現在、いであ株式会社特任理事、特別上級土木技術者（土木学会）、技術士（建設部門）、（元）大阪電気通信大学客員教授（2016～2019）。

1978年４月　水資源開発公団（現水資源機構）に入社
1978年４月　水資源開発公団琵琶湖開発事業建設部
1980年４月　建設省河川局開発課
1982年４月　水資源開発公団日吉ダム建設所
1985年８月　水資源開発公団布目ダム建設所
1991年４月　財団法人ダム水源地環境整備センター
1993年４月　水資源開発公団琵琶湖開発総合管理所
1995年８月　水資源開発公団中部支社審議役
1998年10月　水資源開発公団試験研究所
2000年10月　水資源開発公団第一工務部設計課長
2002年10月　水資源開発公団丹生ダム建設所長
2007年10月　水資源開発公団関西支社長
2015年４月　いであ株式会社監査役
2020年４月　いであ株式会社特任理事

感性のときめき　技術と文化の融合を求めて

2020年11月11日　第１刷発行　　N.D.C.914

著　者　原　稔明

発行者　岩根　順子

発行所　サンライズ出版株式会社
〒522-0004 滋賀県彦根市鳥居本町655-1
TEL 0749-22-0627　FAX 0749-23-7720

© Hara Toshiaki, 2020　無断複写・複製を禁じます。

ISBN978-4-88325-709-6　Printed in Japan　定価はカバーに表示しています。
乱丁・落丁本はお取り替えいたします。